Bret Easton Ellis

ABAIXO DE ZERO

Tradução de Rick Goodwin

Rocco L&PM POCKET

Coleção **L&PM** POCKET, vol. 992

Texto de acordo com a nova ortografia.
Título do original: *Less than Zero*
Publicado pela Editora Rocco em formato 14 x 21cm em 1987
Este livro foi publicado mediante acordo de parceria entre a Editora Rocco e a L&PM Editores exclusivo para a Coleção **L&PM** POCKET
Primeira edição na Coleção **L&PM** POCKET: novembro de 2011

Tradução: Rick Goodwin
Capa: Marco Cena
Revisão: Caren Capaverde e Lia Cremonese

CIP-Brasil. Catalogação na Fonte
Sindicato Nacional dos Editores de Livros, RJ

E43a

Ellis, Bret Easton
Abaixo de zero / Bret Easton Ellis; tradução de Rick Goodwin. – Porto Alegre, RS: L&PM; Rio de Janeiro: Rocco, 2011.
176p. : 18 cm (Coleção L&PM POCKET; v. 992)

Tradução de: *Less than Zero*
ISBN 978-85-254-2510-2

1. Ficção americana. I. Goodwin, Ricky. II. Título. III. Série.

11-6538. CDD: 813
CDU: 821.111(73)-3

Editora Rocco Ltda
Av. Pres. Wilson, 231 / 8º andar – 20030-021
Rio de Janeiro – RJ – Brasil / Fone: 21.3525.2000 – Fax: 21.3525.2001
email: rocco@rocco.com.br
www.rocco.com.br

L&PM Editores
Rua Comendador Coruja, 314, loja 9 – Floresta – 90220-180
Porto Alegre – RS – Brasil / Fone: 51.3225.5777 – Fax: 51.3221.5380
Pedidos & Depto. comercial: vendas@lpm.com.br
Fale conosco: info@lpm.com.br
www.lpm.com.br

Impresso no Brasil
Primavera de 2011

ABAIXO DE ZERO

"Este é o jogo que se movimenta enquanto você joga..."
X

"Há uma sensação que me dá quando olho para o Oeste..."
Led Zeppelin

Para
Joe McGinniss

As pessoas têm medo de mudar de pista nas vias expressas de Los Angeles. É a primeira coisa que ouço quando volto a esta cidade. Blair me apanha no aeroporto e resmunga isso baixinho, enquanto o carro sobe a rampa que dá para o viaduto. Ela diz: "As pessoas têm medo de mudar de pista nas vias expressas de Los Angeles". Embora essa frase não devesse me preocupar, fica em minha mente por um tempo longo e desagradável. Nada mais parece me interessar. Nem o fato de eu ter dezoito anos e de ser dezembro, de a vinda no avião ter sido turbulenta e de o casal de Santa Bárbara, sentado à minha frente na primeira classe, ter tomado um belo porre. Nem a lama que borrou as pernas do meu jeans, meio largo e gelado, no início do dia num aeroporto em New Hampshire. Nem a mancha na manga da camisa úmida e amarrotada que estou usando, camisa que, hoje de manhã, parecia fresca e limpa. Nem o rasgão na gola do meu colete cinza com losangos estampados que, de certa forma, parece, agora, mais oriental do que antes, principalmente quando próximo à camiseta azul-clara e ao jeans apertado e liso de Blair. Tudo isso parece irrelevante diante dessa única frase. Parece ser mais fácil ouvir que as pessoas têm medo de mudar do que "Estou certa que Muriel está com anorexia", ou o que o cantor no rádio berra através de ondas magnéticas. Nada mais me interessa a não ser essas catorze palavras. Nem o vento cálido, que parece impulsionar o carro pelo asfalto vazio, ou o cheiro atenuado de maconha que ainda impregna de leve o carro de Blair. No fundo, tudo se resume em ser eu um rapaz que vem para casa passar um mês e encontra alguém que não via há quatro meses e "as pessoas que têm medo de mudar".

BLAIR deixa a via expressa e para num sinal. Uma rajada forte de vento sacode o carro, Blair sorri e fala alguma coisa sobre talvez suspender o capô e mudar a estação de rádio. Chegando à minha casa, Blair tem de esperar porque há cinco operários erguendo os restos de palmeiras que caíram com o vento e colocando as folhas e os pedaços de casca morta numa carreta vermelha, e ela sorri de novo. Para em frente à casa, o portão está aberto, e eu saio do carro, surpreso ao notar como o clima está quente e seco. Continuo parado ali por um bom tempo e Blair, depois de me ajudar a tirar a bagagem do porta-malas, sorri para mim e pergunta: "O que houve?". E eu digo: "Nada". E Blair insiste: "Você está pálido". Encolho os ombros, a gente se despede, ela entra no carro e vai embora.

NÃO há ninguém em casa. O ar-condicionado está ligado, e a casa cheira a pinho. Um bilhete na mesa da cozinha me informa que minha mãe e minhas irmãs saíram; compras de Natal. De onde estou, posso ver o cão deitado à beira da piscina, respirando profundamente, dormindo, o pelo arrepiado pelo vento. Dirijo-me ao andar de cima – passando pela empregada nova, que sorri e parece entender quem eu sou, e pelos quartos de minhas irmãs, que ainda parecem os mesmos, apenas com recortes diferentes do *Gentleman's Quarterly* pregados na parede –, entro no meu quarto e vejo que não mudou. As paredes ainda são brancas; a televisão continua no mesmo lugar; as venezianas ainda estão abertas, como eu as deixei. É provável que minha mãe e a empregada nova, ou a antiga, tenham feito uma limpeza no meu armário enquanto eu não estava. Há uma pilha de revistas em quadrinhos em cima da minha escrivaninha com um bilhete sobre ela, onde se lê: "Ainda quer isso?"; há também um recado de Julian, que ligou, e um cartão com os dizeres: "Que se foda o Natal". Abro e leio: "Vamos foder juntos o Natal", um convite para a festa de Natal de Blair. Recoloco o cartão no lugar e percebo que começa a esfriar bastante no meu quarto.

Tiro os sapatos e deito na cama e encosto a mão na testa para saber se estou com febre. Parece que estou. E, com a mão na testa, olho com cautela para o pôster emoldurado em vidro, pendurado na parede por sobre a minha cama: também não mudou. É o pôster promocional de um velho disco de Elvis Costello. O olhar de Elvis me atravessa, sorriso cínico e irônico nos lábios, olhando pela janela. A palavra "confie" paira sobre sua cabeça, e seus óculos escuros, uma lente vermelha e outra azul, estão caídos na ponta do nariz, de modo que os olhos, ligeiramente estrábicos, possam ser vistos. Estes, porém, não me encaram. Somente fitam quem quer que esteja na janela, mas estou cansado demais para me levantar e aproximar-me dela.

Pego o telefone e ligo para Julian, surpreso de ainda conseguir me lembrar do número, porém ninguém atende. Sento e, pelas venezianas, consigo ver as palmeiras sacolejando freneticamente, chegando a vergar, com o vento quente; e então volto minha visão para o pôster e a desvio, e, de novo, torno a fitar o sorriso e os olhos de zombaria, os óculos de lentes azul e vermelha, e ainda posso ouvir que as pessoas têm medo de mudar e tento me desligar dessa frase, apagá-la num branco. Ligo a TV e digo a mim mesmo que se tivesse algum Valium conseguiria me despreocupar e dormir, e aí penso em Muriel e fico um pouco enjoado enquanto os clipes começam a passar como raios.

Levo Daniel à festa de Blair naquela noite; ele está de óculos escuros, jeans preto e um casaco preto de lã. Está usando também luvas pretas de camurça porque, uma semana antes, em New Hampshire, se cortou feio num caco de vidro. Acompanhei-o ao pronto-socorro do hospital e assisti enquanto limpavam o talho, lavavam o sangue e começavam a costurar os pontos, até que comecei a passar mal e fui me sentar na sala de espera, às cinco da manhã, ouvindo os Eagles cantarem "New Kid in Town", e tive vontade de voltar. Estamos à entrada da casa de Blair, em Beverly Hills, e Daniel reclama que as luvas estão grudando nos pontos e muito apertadas, mas não as tira porque não quer que as pessoas vejam os aramezinhos prateados espetando para fora da pele dos dedos e do polegar. Blair abre a porta.

– Ei, bonitão! – exclama.

Ela está com um casaco de couro preto, calças combinando e descalça, e me dá um abraço, e então vê Daniel.

– Ei, quem é esse aí? – pergunta sorrindo.

– Este é Daniel. Daniel, esta é Blair.

Blair estende a mão, Daniel sorri e a pega levemente.

– Bem, vamos entrando. Feliz Natal.

Há duas árvores de Natal, uma na sala de estar e outra na sala de som, as duas com enfeites de luzes vermelho-escuras piscando. Algumas pessoas presentes à festa foram do meu colégio, a maioria eu não via desde a formatura, e estão todos em pé perto das imensas árvores. Trent, um modelo que conheço, está na festa também.

– Ei, Clay! – diz Trent, com uma echarpe xadrez verde e vermelha enrolada no pescoço.

– Trent.

– Como vai, garotão?

– Ótimo. Trent, este é Daniel. Daniel, este é Trent.

Trent estende a mão, Daniel sorri e ajusta os óculos escuros, apertando de leve a mão do outro.

– Ei, Daniel – Trent diz. – Onde você estuda?

– Estudo com Clay – Daniel responde. – E você?

– UCLA ou, como dizem os orientais, UCRA.

Trent imita um velhinho japonês, olhos puxados, cabeça curvada, dentes da frente avançados em paródia, depois ri embriagado.

– Eu frequento a *University of Spoiled Children** – diz Blair, ainda sorrindo, os dedos passando pelos cabelos louros e compridos.

– Qual? – Daniel pergunta.

– USC.

– Ah, sei. Isso mesmo.

Blair e Trent riem e ela segura o braço dele para recuperar o equilíbrio.

– Ou CU-SC – diz, quase engasgando.

– Ou CU-LA – continua Trent, ainda rindo.

Finalmente, Blair para de rir e esbarra em mim em direção à porta, sugerindo que eu experimente o ponche.

– Eu pego o ponche – diz Daniel. – Você quer, Trent?

– Não, obrigado.

Trent olha para mim e diz:

– Você parece pálido.

Percebo que sim, comparado ao bronzeado firme de Trent e à pele da maioria das pessoas presentes.

– Há quatro meses que estou em New Hampshire.

Trent tira algo do bolso.

– Toma – diz, me entregando um cartão. – É o endereço de um salão de bronzeamento em Santa Mônica. Olha, não tem iluminação artificial, essas coisas, e você não tem que esfregar cápsulas de Vitamina E no corpo todo. Este negócio é chamado de "Banho de raios UVA" e o que fazem é tingir sua pele.

Depois de um tempo, paro de ouvir o que Trent diz e fico observando três rapazes, amigos de Blair que não conheço, seus colegas na USC, todos louros e bronzeados, e um deles canta acompanhando a música que sai das caixas.

– Funciona – Trent diz.

– O que funciona? – pergunto, distraído.

---

* No original, Universidade das Crianças Mimadas, num trocadilho com as iniciais USC – University of Southern California. (N.T.)

– O Banho UVA. Banho UVA. Olha o cartão, cara.

– Ah, é – vejo o cartão. – Tingem a pele, certo?

– Certo.

– Tá legal.

Pausa.

– O que você tem feito? – pergunta Trent.

– Desfeito as malas. E quanto a você?

– Bem – ele sorri com orgulho –, fui aceito por uma agência de modelos, uma agência fina mesmo – assegura-me. – E adivinhe quem não só vai estar na capa da *International Male* dentro de dois meses, como também estará no mês de junho no calendário masculino dos universitários da UCLA?

– Quem?

– Eu, cara.

– *International Male*?

– É. Não gosto da revista. Meu agente disse a eles que nada de nus, só fotos de tórax e coisas assim. Não faço nus.

Eu acredito, mas sem saber por que, e olho em torno para ver se Rip, meu traficante, está na festa. Mas não o vejo e volto a atenção para Trent, indagando:

– É? Que mais tem feito?

– Ah, o de sempre. Ido ao Nautilus, enchido a cara, ido a esse lance do UVA... Mas, olha, não vá dizer para ninguém que estive lá, tá?

– O quê?

– Eu disse que é para você não contar a ninguém sobre esse lance do UVA, tudo bem?

Trent parece-me preocupado, angustiado quase, e pouso a mão sobre o seu ombro e o aperto para tranquilizá-lo.

– Ah, tudo bem, não se preocupe.

– É... – diz ele, dando uma olhada no salão. – Tenho que fazer uns contatos. Mais tarde. Que tal um almoço – faz uma piada, se retirando.

Daniel volta com o ponche, que é muito vermelho e forte, me engasgo um pouco ao tomar um gole. De onde estou, posso ver o pai de Blair, um produtor de cinema, sentado a um canto da sala, conversando com um jovem ator que acho que foi meu colega de escola. O namorado do pai de Blair também se encontra na festa. Chama-se Jared, é bem jovem, louro e bronzeado e tem olhos azuis e dentes incrivelmente brancos e conversa com os três rapazes da USC. Posso ver também a mãe de Blair, sentada no bar tomando vodca pura, as mãos trêmulas ao levar o copo à boca. Uma amiga de Blair, Alana, aproxima-se e me abraça, e apresento-a a Daniel.

– Você é a cara do David Bowie – diz Alana, obviamente doidona de pó. Dirige-se a Daniel. – Você é canhoto?

– Não, acho que não – Daniel responde.

– Alana gosta de sujeitos canhotos – informo a ele.

– E que parecem com David Bowie – acrescenta ela.

– E que vivem em hospícios – concluo.

– Ah, Clay, você é tão sacana – ela ri. – Clay é totalmente sacana – diz a Daniel.

– É, tô sabendo – fala Daniel. – Um sacana completo.

– Já tomou o ponche? Deveria tomar – falo para ela.

– Queridinho – ela fala devagar, dramaticamente –, eu fiz o ponche. – Gargalha e, então, avista Jared e para de súbito.

– Droga, gostaria que o pai de Blair não convidasse Jared para essas coisas. Irrita tanto a mãe. Ela vive totalmente chumbada de qualquer maneira, mas tê-lo por perto só torna as coisas piores. – Volta-se para Daniel e diz: – A mãe de Blair é agorafóbica.

Olha de novo para Jared.

– Creio que ele vai para Death Valley semana que vem para fazer umas externas. Não vejo por que não possa esperar até lá, não acha? – Alana volta-se para Daniel, depois para mim.

– Não – diz Daniel solenemente.

– Nem eu – digo, sacudindo a cabeça.

Alana olha para o chão e depois para mim e diz:

– Você está um pouco pálido, Clay. Devia ir à praia.

– Talvez eu vá.

Toco no cartão que Trent me entregou, pergunto-lhe se Julian vai aparecer.

– Ele me telefonou e deixou um recado, mas não consigo entrar em contato com ele.

– Nossa, nem pensar – Alana comenta. – Ouvi dizer que ele está completamente fodido.

– O que você quer dizer?

De repente, Jared e os três rapazes da USC riem alto, em uníssono.

Alana vira os olhos e faz uma expressão sentida.

– Jared ouviu essa piada estúpida do namorado dele que trabalha no Morton's. "Quais são as duas maiores mentiras?" "Te pago depois e não esporro na tua boca." Nem entendi. Droga, é melhor eu dar uma ajuda a Blair. Mãezinha está desaparecendo atrás do bar. Foi um prazer conhecê-lo, Daniel.

– É, para mim também – responde.

Alana vai ao encontro de Blair e sua mãe no bar.

– Quem sabe eu devesse ter cantarolado um trecho de "Let's Dance" – Daniel diz.

– Quem sabe devesse mesmo.

Daniel sorri.

– Ah, Clay, você é mesmo sacana.

Vamos embora logo depois de Trent e um dos rapazes da USC despencarem sobre a árvore de Natal na sala. No fim daquela noite, nós dois sentados no fundo do bar escuro no Polo Lounge, quase nada é dito.

– Quero voltar – diz Daniel, placidamente, com esforço.

– Para onde? – pergunto, incerto.

Há uma longa pausa que me deixa algo perturbado. Daniel vira a bebida, passa os dedos pelos óculos escuros que ainda está usando e diz:

– Não sei. Só voltar.

Minha mãe e eu estamos sentados num restaurante em Melrose. Ela está tomando vinho branco e ainda usa os óculos de sol, fica ajeitando o cabelo, enquanto eu olho para as minhas mãos, certo de que elas tremem. Ela tenta sorrir ao me perguntar o que eu quero de Natal. Fico surpreso com o esforço exigido para erguer minha cabeça e olhar para ela.

– Nada.

Há uma pausa e então eu indago:

– O que você quer?

Ela não responde nada durante um bom tempo e olha de volta para as minhas mãos. Toma o vinho.

– Não sei. Só quero ter um Natal agradável.

Não respondo.

– Você parece infeliz – diz ela de súbito.

– Não estou – respondo.

– Você parece infeliz – repete desta vez mais calma. Ajeita novamente o cabelo, clareado, meio louro.

– Você também – digo eu, na esperança de que ela não fale mais nada.

Ela não fala até terminar a terceira taça e encher a quarta.

– Como foi a festa?

– Boa.

– Quantas pessoas tinha?

– Quarenta. Cinquenta – gesticulo com indiferença.

Toma o vinho.

– A que horas você deixou a festa?

– Não lembro.

– Uma? Duas?

– Deve ter sido à uma.

– Ah – outra pausa e outro gole.

– Não estava muito boa – digo, olhando para ela.

– Por quê? – pergunta, curiosa.

– Simplesmente não estava – e olho de volta para as minhas mãos.

Eu estou com Trent num vagão de trem amarelo que fica no Sunset. Trent está fumando e bebendo uma Pepsi. Eu olho através da janela para os faróis dos carros que passam. Estamos esperando por Julian, que ficou de trazer um grama para Trent. Julian está atrasado há quinze minutos, e Trent, nervoso e impaciente, e quando eu digo que ele deveria negociar com Rip, como eu faço, em vez de Julian, esboça um gesto de que pouco está ligando. Nós finalmente vamos embora e ele diz que talvez possamos achar Julian no fliperama de Westwood. Mas não o encontramos lá, e Trent sugere irmos ao Fatburger comer algo, dizendo que está faminto, que há muito não come nada, menciona alguma coisa a respeito de jejum. Pedimos e levamos a comida para uma das mesas. Eu, no entanto, não estou com muito apetite e Trent estranha que não haja molho no meu Fatburger.

– O que há? Não se come Fatburger sem molho.

Reviro os olhos e acendo um cigarro.

– Puxa, cara, você está esquisito. Esteve naquela porra de New Hampshire tempo demais – resmunga. – Não põe uma porra de um molho.

Não digo nada e observo que as paredes são pintadas de um amarelo vivo, de doer, e, sob o clarão das luzes fluorescentes, elas parecem reluzir. Joan Jett e os Blackhearts cantam "Crimson and Clover" na vitrola. Encaro as paredes e escuto a letra. "*Crimson and clover, over and over and over and over...*" De repente sinto sede, mas não quero chegar ao balcão e pedir algo por causa da japonesa gorda e de rosto triste que anota os pedidos e do segurança encostado à outra parede amarela, nos fundos, encarando todos com suspeita. Trent ainda está olhando fixamente para o meu Fatburger com uma expressão abismada no rosto, e há um sujeito de camisa vermelha e cabelo comprido e ensebado fingindo que toca guitarra e dublando o vocal da música na mesa próxima e que começa a sacudir a cabeça e a arreganhar a boca: "*Crimson and clover, over and over and over and over... Crimson and clo-oh-ver...*".

São duas horas da madrugada e faz calor. Estamos nos fundos do Edge, Trent experimenta meus óculos escuros e digo que quero sair. Trent responde que logo iremos, dentro de dois minutos talvez. A música da pista parece estar alta demais, e eu fico tenso a cada vez que o som para e outra música começa, encosto-me à parede de tijolos e reparo em dois rapazes abraçados num canto escuro. Trent nota que eu estou tenso e diz: "O que você quer que eu faça? Quer um Mandrix, é isso?". Tira um estojo de balas e aperta um comprimido pela tampa com a cara do Peninha. Eu não digo nada, apenas olho para a caixa de balas, ele a guarda e estica o pescoço para enxergar melhor.

– Aquela é Muriel?

– Não, aquela garota é negra.

– Ahn... tem razão.

Pausa.

– Não é uma garota.

Imagino como pode Trent confundir um negro, nada anoréxico, com Muriel, mas então noto que o negro está usando um vestido. Olho para Trent e digo que tenho que me mandar.

– É, todos nós temos que ir – concorda ele. – Você já falou isso.

Fico fitando os sapatos e Trent encontra algo para dizer. "Você é demais." Continuo de olho nos sapatos, tentado a pedir para ver de novo o estojinho de balas.

Trent, então, diz:

– Que merda, vamos encontrar Blair, vamos lá, vamos embora.

Não quero voltar ao salão principal, mas percebo que, para sair, temos que passar por ele. Vejo Daniel conversando com uma garota bronzeada e extremamente bonita que está usando uma camiseta do Heaven e uma minissaia preta e branca e sussurro-lhe que estamos nos retirando, e ele me olha com uma expressão estranha e diz: "Não enche o saco". Eu dou um empurrão no seu braço, afirmo que ele está no maior porre e ele responde põe porre nisso. Beija a garota no rosto e segue-nos em direção à porta, onde Blair, de pé, está de papo com um sujeito da USC.

– Vamos? – pergunta ela.

– S'imbora – respondo imaginando onde ela havia estado.

Saímos para o calor da noite e Blair pergunta: "Bem, foi divertido ou não foi?". Ninguém responde e ela desvia os olhos para o chão.

Trent e Daniel permanecem parados ao lado do BMW de Trent, que por sua vez está tirando algumas anotações sobre *Enquanto agonizo* de dentro do porta-luvas para entregar a Blair. Despedimo-nos, depois de nos certificarmos de que Daniel consegue entrar no carro. Trent acha melhor um de nós levar Daniel para casa, mas concorda que seria um saco ter que levá-lo e depois trazê-lo de volta no dia seguinte para buscar seu carro. Eu levo Blair para sua casa em Beverly Hills. Ela tem as anotações nas mãos mas nada diz, exceto quando tenta esfregar o carimbo na mão e reclama: "É foda. Gostaria que não marcassem minha mão com preto. Nunca sai". E aí comenta que, apesar de eu ter ficado quatro meses fora, nunca telefonei para ela. Digo que sinto muito e saio do Hollywood Boulevard, por ser muito iluminado, e pego a Sunset, chego à rua dela e, em seguida, à entrada de sua casa. Nos beijamos e ela nota que eu dirigi agarrando o volante com muita força, olha para os meus punhos e diz: "Suas mãos estão vermelhas", e sai do carro.

PASSAMOS o final da manhã e o início da tarde em Beverly Hills fazendo compras. Minha mãe, minhas duas irmãs e eu. Minha mãe deve ter passado a maior parte desse tempo na Neiman-Marcus, e minhas irmãs devem ter ido ao Jerry Magnin e usado a conta do meu pai para comprar alguma coisa para ele e para mim e ido à MGA e à Camp Beverly Hills e à Privilege para comprar algo para si. Aguardo no bar da La Scala Boutique durante quase todo esse tempo, completamente entediado, fumando, bebendo vinho tinto. Finalmente, minha mãe vem no seu Mercedes e o estaciona em frente à La Scala e espera por mim. Levanto-me e deixo dinheiro sobre o balcão e entro no carro, encosto a cabeça no descanso da poltrona.

– Ela está saindo com um sujeito que é o maior tesão – está dizendo uma das minhas irmãs.

– Onde ele estuda? – pergunta a outra, interessada.

– Harvard.

– Que série?

– Nona. Um ano na frente dela.

– Ouvi dizer que a casa deles está à venda – comenta minha mãe.

– Será que ele está à venda? – cochicha a mais velha das minhas duas irmãs, a que eu creio ter quinze anos, e as duas morrem de rir no banco de trás.

Passa um caminhão carregado de videogames na traseira, e minhas irmãs são levadas a uma espécie de frenesi.

– Siga aquele videogame! – ordena uma delas.

– Mãe, você acha que se eu pedir ao papai, ele me dá um Galaga no Natal? – pergunta a outra, escovando o cabelo louro e curto. Ela talvez tenha treze anos.

– O que é um Galaga? – pergunta minha mãe.

– Um videogame – diz uma.

– Mas vocês têm Atari.

– Atari é fraco – diz, passando a escova para minha outra irmã, que também é loura.

– Não sei – diz minha mãe, ajeitando os óculos escuros, abrindo o teto solar. – Vou jantar com ele hoje à noite.

– Deveras animador – diz a mais velha, sarcasticamente.

– Mas onde iríamos colocá-lo? – pergunta a outra.

Minha mãe responde com outra pergunta:

– Colocar o quê?

– O Galaga! O Galaga! – minhas irmãs gritam.

– No quarto de Clay, eu acho – fala minha mãe.

Faço que não com a cabeça.

– Merda! De jeito nenhum! – berra uma. – Clay não pode ficar com o Galaga em seu quarto. Ele sempre tranca a porta.

– É, Clay, isso me deixa muito puta – diz a outra, com uma voz de real indignação.

– Afinal, por que você tranca o quarto, Clay?

Não respondo nada.

– Por que você tranca o quarto, Clay? – uma delas, não sei qual, insiste.

Continuo sem dizer nada. Considero a possibilidade de pegar uma das sacolas da MGA ou Camp Beverly Hills ou uma caixa de sapatos da Privilege e atirá-las pela janela.

– Mãe, diga a ele para me responder. Por que você tranca a porta, Clay?

Viro para trás:

– Porque da última vez que deixei a porta destrancada, as duas foram lá e me roubaram meio grama de cocaína. Por isso.

Minhas irmãs não falam nada. "Teenage Enema Nurses in Bondage", de um grupo chamado Killer Pussy, toca no rádio, e minha mãe pergunta se temos que ouvir isso, minhas irmãs pedem para aumentar o volume, depois ninguém diz nada até a música terminar. Quando chegamos em casa, minha irmã mais nova vem me dizer, perto da piscina: "Que merda! Posso descolar minha própria cocaína".

O ANALISTA que eu tenho frequentado nas quatro semanas em que estou de volta é jovem, usa barba, dirige uma SL 450 e tem uma casa em Malibu. Eu me sento no consultório dele em Westwood com as cortinas fechadas e de óculos escuros, fumando um cigarro, ou baseados, só para irritá-lo; às vezes choro. Às vezes eu grito e ele grita de volta. Conto-lhe que tenho fantasias sexuais bizarras e seu interesse cresce perceptivelmente. Começo a rir sem nenhum motivo e passo mal. Às vezes minto para ele. Ele me conta sobre sua amante e sobre a reforma que está fazendo na casa em Tahoe, e eu fecho os olhos e acendo outro cigarro, rangendo os dentes. Às vezes, levanto, me retiro.

Estou sentado no Du-par's em Studio City, esperando por Blair, Alana e Kim. Elas me telefonaram chamando-me para ir ao cinema, mas eu tomei Valium e apaguei, e não conseguiria ficar bom a tempo de me encontrar com elas. Disse, então, que depois as encontraria no Du-par's. Sento-me a uma mesa próxima a uma enorme janela e peço café à garçonete, porém ela não me traz nada, já começando a limpar a mesa ao lado e a anotar o pedido de outra. Mas é bom mesmo que ela não me sirva, já que minhas mãos estão excessivamente trêmulas. Acendo um cigarro e reparo na ostensiva decoração de Natal sobre o balcão principal. Um Papai Noel de plástico iluminado a neon carrega um doce de isopor de um metro em forma de bengala e há todos aqueles largos pacotes verdes e vermelhos, e presumo que dentro deles haja alguma coisa. De repente, meus olhos focalizam os de um sujeito baixinho, moreno, intenso, com uma camiseta da Universal Studios sentado a duas mesas de mim. Está me encarando, olho para baixo e puxo um trago forte do cigarro. O homem continua me encarando e só consigo supor que ou ele não me vê ou então eu não estou aqui. Não sei por que supus isso. As pessoas têm medo de mudar. *Será que ele está disponível?*

Blair beija-me no rosto e senta-se junto com Alana e Kim. Ela me conta que Muriel foi hospitalizada naquele mesmo dia devido à anorexia. "Ela desmaiou na aula de cinema. Então, a levaram para o Cedars-Sinai que não chega a ser o hospital mais próximo à USC", Blair fala afobada, acendendo um cigarro. Kim usa uns óculos escuros cor-de-rosa e também acende um e, então, Alana pede um para si.

– Você vai à festa de Kim, não vai, Clay? – pergunta Alana.

– Ah, sim, Clay. Você tem de ir – afirma Kim.

– Quando é a festa? – pergunto, sabendo que Kim sempre dá esse tipo de festa, uma vez por semana, ou coisa parecida.

– Lá pelo fim da próxima semana – responde, embora eu saiba que isso talvez possa significar que seja no dia seguinte.

– Não sei com quem vou – Alana diz num repente. – Meu Deus, não sei com quem vou. – Hesita. – Acabei de perceber isso.

– Que tal Cliff? Você não ia com ele? – indaga Blair.

– Eu vou com Cliff – diz Kim, olhando para Blair.

– Ah, isso mesmo – Blair diz.

– Bem, se você vai com Cliff, eu vou com Warren – retruca Alana.

– Mas eu pensei que você estivesse saindo com Warren – Kim dirige-se a Blair.

Olho para o rosto de Blair.

– É, mas não estou mais "saindo" com Warren – fala Blair, na bucha.

– É, não estava. Vocês treparam. Não "saíram" – diz Alana.

– Que seja, que seja – concorda Blair, folheando o cardápio, olhando rápido para mim e desviando o olhar.

– Você dormiu com Warren? – Kim pergunta a Alana.

Alana encara Blair, depois Kim e eu e fala:

– Não, eu não. – Olha para Blair e vira-se para Kim novamente: – E você?

– Não, mas pensei que Cliff estivesse transando com Warren – comenta Kim, confusa por um instante.

– É bem provável, mas pensei que Cliff estivesse transando com aquela yuppie que virou punk, a nojenta da Didi Hellman – diz Blair.

– Ah, não é verdade. Quem lhe contou isso? – Alana quer saber.

Ocorre-me por um momento que eu já poderia ter dormido com Didi Hellman. Também percebi que já poderia ter transado com Warren. Eu nada digo. Elas, provavelmente, já sabem.

– Didi não me contou – Blair responde. – Não contou a você?

– Não – diz Kim. – Não me contou.

– Nem a mim – fala Alana.

– Bem, a mim ela contou – diz Blair.

– Ora, o que ela sabe? Mora em Calabasas, imagine! – Alana despreza.

Blair considera a questão algum tempo e então diz devagar, resolutamente:

– Se Cliff transou com Didi, então deve ter transado com... Raoul.

– Quem é Raoul? – Alana e Kim perguntam de uma vez.

Abro o cardápio e finjo que o leio, ponderando se eu cheguei a transar com Raoul. O nome parece-me familiar.

– O outro namorado de Didi. Ela sempre armava esses trios. Eram ridículos – diz Blair, fechando o cardápio.

– Didi é ridícula – diz Alana.

– Raoul é negro, não é? – indaga Kim, depois de um tempo.

Eu não havia transado com Raoul.

– É. Por quê?

– Porque acho que o encontrei uma vez numa festa, no camarim do Roxy.

– Pensei que ele tinha tomado uma overdose.

– Não, não. Ele é de fato atraente. O tipo de negro mais gostoso que já vi – Blair diz.

Alana e Kim concordam. Afasto o cardápio.

– Mas ele não é gay? – pergunta Kim, com ar preocupado.

– Quem? Cliff? – inquire Blair.

– Não. Raoul.

– Bissexual. É bi – Blair responde e, em seguida, parece não estar certa. – Creio que é.

– Não sei se ele chegou a transar com Didi – conjectura Alana.

– Bem, também não sei – diz Blair.

– Então por que ela saía com ele?

– Achava chique ter um namorado negro – responde Blair, já cansada do assunto.

– Que baixaria – comenta Alana, estremecendo num arremedo de repulsa.

As três param de falar, até que Kim diz:

– Não fazia ideia que Cliff transava com Raoul.

– Cliff transou com todo mundo – diz Alana, revirando os olhos, e Kim e Blair riem. Blair olha para mim e tenta sorrir, até que chega a garçonete e anota nossos pedidos.

COMO previ, a festa de Kim é na noite seguinte. Vou à festa com Trent. Quando ele passa na minha casa, está de gravata e sugere que eu também ponha uma. Coloco uma vermelha. Quando paramos no Santo Pietro's para fazer uma refeição antes da festa, Trent percebe seu reflexo numa vidraça e faz uma careta, tira a gravata e diz para eu tirar a minha, o que é ótimo, pois ninguém na festa está usando gravata.

Na mansão em Holmby Hills converso com muitas pessoas que me falam a respeito de compra de ternos no Fred Segal e de ingressos para shows e ouço Trent contar a todos como está adorando o grêmio que frequenta na UCLA. Falo também com Pierce, um amigo do ginásio, e me desculpo por não lhe ter telefonado ao chegar. Ele diz que isso não tem importância, que eu estou muito pálido e que roubaram o BMW novo que seu pai lhe dera como presente de formatura. Julian está na festa e não parece tão fodido quanto Alana disse. Ainda bronzeado, cabelo curto, louro, talvez um tanto magro, mas exceto isso, com uma cara boa. Comenta com Trent que foi chato não terem se encontrado no Carney's aquela noite e que anda muito ocupado, e eu, bem próximo a Trent, que acaba seu terceiro gim-tônica, ouço-o dizer: "Foi um tremendo vacilo seu, porra". Saio dali, então, na dúvida se devo saber de Julian o que ele queria quando ligou deixando recado, mas quando nossos olhos se cruzam e vamos nos cumprimentar ele se afasta e passa para a sala. Blair vem dançando para perto de mim, cantando a letra de "Do You Really Want to Hurt Me?", na certa completamente dopada, e diz que estou com uma expressão feliz e que eu pareço muito bem e me entrega um pacote da Jerry Magnin, e sussurra-me "Feliz Natal, seu danadinho" no ouvido, e me beija.

Abro o pacote. É uma echarpe. Agradeço e lhe digo que é realmente bonita. Ela pede para eu colocá-la e ver se cabe e respondo que echarpes geralmente cabem em todas as pessoas. Mas ela insiste e ponho a echarpe, ao que ela sorri e murmura: "Perfeito", e volta ao bar para buscar outra bebida. Fico parado num canto da sala, sozinho com a echarpe enrolada no pescoço e, então, vejo Rip, meu traficante, e sinto um alívio total.

Rip está vestido com um conjunto branco, volumoso, grosseiro, que certamente comprou na Parachute, e um chapéu de feltro preto, caro, e Trent pergunta-lhe, quando tenta se aproximar de mim, se foi pular de paraquedas: "Pular de paraquedas! Sacou?"*, fala Trent, rindo. Rip encara Trent até que este para de rir. Julian volta, e me dirijo a ele para lhe dizer um alô, mas Rip agarra a echarpe presa ao meu pescoço e me puxa para um cômodo vazio. Reparo que o tal quarto não tem móveis e quero saber a razão; mas Rip me dá um leve tapa no ombro e começa a rir.

– Como você anda, porra?

– Ótimo. Por que não há mobília aqui dentro?

– Kim está de mudança. Obrigado por me ligar de volta, seu cuzão.

* Parachute, o nome da loja, quer dizer paraquedas. (N.T.)

Eu sei que Rip não chegou a me telefonar, contudo digo:

– Pois é, mas só voltei há uns quatro dias e... não sei... Mas andei te procurando.

– Bem, estou aqui. Que posso fazer por você, bacana?

– O que tá rolando?

– Que andou fazendo por aquelas bandas? – pergunta, disfarçando. Tira dois papelotes do bolso.

– Bem, um curso de Arte e um curso de Redação e de Música.

– Música? – interrompe, fingindo se animar. – Andou compondo?

– Bem, um pouco. – Pego minha carteira no bolso.

– Olha, tenho algumas letras. Crie a música. Vamos faturar milhões.

– Milhões de quê?

– Vai voltar para lá? – pergunta, sem dar a mínima.

Eu não digo nada, atento ao meio grama que ele ajeita num espelho pequeno de mão.

– Ou vai ficar... na beira do mar... em Los Angeles – Rip ri e acende um cigarro. Com a gilete bate o montinho em quatro carreiras e me dá uma nota de vinte enrolada, e me abaixo para cheirar uma.

– Voltar para onde? – indago, erguendo a cabeça, fungando alto.

– Porra – exclama ele, debruçado. – Para a escola, seu babaca.

– Não sei. Suponho que sim.

– Você supõe que sim.

Cheira suas duas carreiras, fileiras grossas, compridas, e me devolve a de vinte.

– É – não dou bola, volto a mergulhar.

– Bonito esse lenço. Bonito mesmo. Creio que Blair ainda gosta de você – Rip sorri.

– Acho que sim – digo, cheirando a outra carreira.

– Você acha, você acha – Rip ri.

Dou um sorriso, mas não ligo.

– É bom. Que tal um grama?

– Tá na mão, garotão.

Ele me passa um dos papelotes.

Entrego-lhe uma de vinte e duas de cinquenta e ele me devolve vinte, dizendo:

– Presente de Natal, tá bem?

– Obrigado, Rip.

– Bem, eu acho que você deve voltar – diz, embolsando o dinheiro. – Não bobeie. Não se torne um vagabundo.

– Como você? – lamentei ter dito isto. Não foi legal.

– Como eu, garotão – responde, sem passar recibo.

– Não sei se quero – começo.

– Que significa isso, não saber se quer?

– Não sei. As coisas não são tão diferentes por lá.

Rip está ficando inquieto, e eu tenho a impressão de que ele não se importa muito que eu vá ou fique.

– Escute, você tem longas férias pela frente, não é? Um mês, certo?

– É. Quatro semanas.

– Um mês, certo. Pense nisto.

– Está bem.

Rip vai até a janela.

– Continua como DJ? – pergunto, acendendo um cigarro.

– De jeito nenhum, cara.

Passa o dedo pelo espelho e esfrega os dentes e a gengiva, depois guarda o espelho no bolso.

– O lance é manter as coisas firmes por enquanto. É possível que eu volte quando acabar o estoque. O único problema é que acho que nunca vai acabar – ele ri. – Estou com uma cobertura em Wilshire totalmente demais. É fantástica.

– Mesmo?

– É. Apareça lá.

– Vou aparecer.

Ele senta-se na janela e diz:

– Acho que Alana quer trepar comigo. O que você acha?

Não respondo. Não consigo entender por que, já que Rip não se parece em nada com David Bowie, não é canhoto e não mora no Colony.

– E então, trepo com ela ou não?

– Não sei. Claro, por que não?

Desce da janela e diz:

– Ouça, você tem que ir ao apartamento. Tenho um vídeo pirata do Indiana Jones. Custou-me quatrocentos dólares. Precisa passar por lá, garotão.

– Está certo, Rip.

Vamos até a porta.

– Você irá?

– Por que não?

Quando nós dois voltamos para a sala, duas garotas de quem não me lembro o nome se aproximam de mim, dizendo que eu preciso lhes telefonar, e uma me lembra de uma noite no Roxy, mas retruco que devem ter existido muitas noites no Roxy, e ela sorri e pede que eu lhe telefone assim mesmo. Eu não estou certo de ter o número da garota e, quando vou pedi-lo, Alana se dirige a mim contando que Rip a está importunando e se eu poderia fazer algo a respeito. Respondo que talvez não adiante. Tão logo Alana começa a falar de Rip, observo o rapaz que mora com ele dançando com Blair ao lado da árvore de Natal. Murmura algo em seu ouvido e os dois riem e concordam com a cabeça.

Há, também, um sujeito de meia-idade, cabelo grisalho comprido, mocassins e suéter Giorgio Armani, que passa por mim e Alana e começa a falar com Rip. Um dos rapazes da USC presentes à festa de Blair também está nessa e vê o sujeito, de cerca de quarenta, quarenta e cinco anos, vira-se para uma das garotas que me conheceram no Roxy e faz uma careta. Nota que eu estou olhando para ele quando o faz e sorri para mim e eu sorrio de volta, e Alana continua falando e falando, e por sorte, alguém aumenta o som e

Prince começa a gritar. Alana desaparece quando começa a tocar uma música que ela quer dançar, e o rapaz da USC, Griffin, se aproxima e pergunta se eu quero champanhe. Respondo que sim, claro, e ele vai ao bar, enquanto procuro um banheiro para cheirar outra carreira.

Tenho que passar pelo quarto de Kim para chegar até lá, já que a tranca do banheiro de baixo está quebrada, e, no momento que vou abrir a porta, Trent sai e a fecha.

– Use o de baixo.

– Por quê?

– Porque Julian, Kim e Derf estão trepando aí dentro.

Continuo ali.

– Derf está aqui?

– Venha comigo.

Sigo Trent para baixo e para fora e até o seu carro.

– Entre aí – ordena ele.

Abro a porta e entro no BMW.

– O que você quer? – pergunto-lhe quando Trent se senta no lugar do motorista.

Mexe no bolso e tira um pequeno frasco.

– Um pouco de cocaína – diz num falso sotaque sulista.

Eu não digo que já tenho e ele pega uma colher de ouro, e a enfia no pó, colocando-a junto ao nariz: faz isso quatro vezes. Põe no toca-fitas a mesma fita que toca na festa e me passa o frasco e a colher. Cheiro quatro vezes também e meus olhos se enchem de água e começo a engolir. O pó é diferente do de Rip e me pergunto se ele o conseguiu com Julian. Não é tão bom.

– Que acha de passar uma semana em Palm Springs quando voltar? – sugere.

– Está bem. Palm Springs. Claro. Olha, vou voltar para dentro.

Deixo Trent sozinho no carro e volto para a festa, e vou ao bar, onde Griffin está parado com duas taças de champanhe.

– Acho que está um pouco passado.

– O quê?

– Eu disse que o champanhe está passado.

– Ahn – hesito, confuso por um instante. – Tudo bem.

Bebo assim mesmo, e ele me serve outro.

– Ainda está bom – diz, depois de terminar a taça e se servir de outra. – Quer mais?

– Claro – viro a segunda, e ele serve a terceira. – Obrigado.

– A menina com quem vim acaba de sair com aquele japonês de calça justa branca e camiseta do Beat. Sabe quem é?

– Não.

– Cabeleireiro de Kim.

– Bárbaro – digo, virando a taça de champanhe e encarando Blair no outro lado do salão. Nossos olhos se cruzam, e ela sorri e faz uma careta. Sorrio de volta, mas retribuo a careta.

Griffin percebe e fala alto, por sobre o alarido da música:

– Você é o cara que está saindo com Blair, não é?

– Bem, eu saía com ela.

– Pensei que ainda estivesse.

– Talvez a gente ainda esteja – respondo, me servindo de outra taça de champanhe. – Não sei.

– Ela fala muito de você.

– É mesmo? Bem... – Minha voz some.

Não dizemos nada durante um bom tempo.

– Gosto da sua echarpe – elogia Griffin.

– Obrigado.

Enxugo a taça e sirvo outra, e imagino que horas são e há quanto tempo estou ali. O efeito do pó está passando e começo a me sentir embriagado.

Griffin respira fundo e diz:

– Ei, quer ir à minha casa? Meus pais estão passando o Natal em Roma.

Alguém muda a fita e suspiro e olho para a taça de champanhe na sua mão, termino a minha depressa e digo que certamente, por que não?

GRIFFIN está em pé na janela de seu quarto, olhando para o jardim, para a piscina, vestindo apenas uma sunga, e eu estou sentado no chão, encostado em sua cama, entediado, sóbrio, fumando um cigarro. Griffin me olha e, devagar, desajeitadamente, despe a sunga, e reparo que ele não tem marca de bronzeado e começo a imaginar o porquê e quase caio na gargalhada.

ACORDO em algum momento antes do amanhecer. Minha boca está seca e é doloroso demais tentar despregar a língua do céu da boca. Fecho os olhos com força e tento retomar o sono, mas o relógio digital na cabeceira mostra que são quatro e meia da manhã e só então percebo por completo onde estou. Olho para Griffin, deitado do lado oposto da cama de casal. Não quero acordá-lo, e saio da cama com extremo cuidado e vou ao banheiro e fecho a porta. Dou uma mijada e fico me observando, nu, no espelho, encosto-me na pia e abro a torneira e jogo água fria no rosto. Observo-me de novo no espelho, dessa vez por mais tempo. Volto para o quarto e visto minha cueca, certificando-me que não é a de Griffin, procuro pelo quarto e, então, entro em pânico, porque não encontro minha roupa. Lembro-me, afinal, que tudo começara na sala na noite anterior e, em silêncio, desço as escadas da enorme e deserta mansão até a sala. Descubro a roupa e começo a me vestir depressa. Quando ponho a calça, uma empregada negra, de roupão azul e com o cabelo enrolado, passa pela porta e pousa os olhos em mim, casualmente, como se encontrar um carinha de cerca de dezoito anos vestindo as calças no meio da sala às cinco horas da manhã não fosse estranho. Ela sai e custo a encontrar a porta da frente. Depois de encontrá-la, deixo a casa, e me convenço que a noite não foi tão má. E entro no carro e abro o porta-luvas e ganho velocidade para chegar logo em casa, passando pelos portões da mansão e saindo pela Sunset.

Ligo o rádio, alto. As ruas estão completamente vazias e eu dirijo rápido. Aproximo-me de um sinal vermelho, tentado a avançá-lo, mas paro quando vejo um outdoor, que não me lembro de já ter visto, e presto atenção a ele. Diz, apenas, o seguinte: "Desapareça aqui", e mesmo sendo, provavelmente, o anúncio de algum balneário, me perturba um pouco, de tal modo que piso fundo no acelerador e os pneus guincham estridentemente quando deixo o sinal. Embora ainda esteja escuro, coloco os óculos de sol no rosto, olhando para trás, para o retrovisor com uma estranha sensação de que há alguém me seguindo. Chego a outro sinal vermelho, quando noto que esqueci a echarpe que Blair me deu em algum lugar, na casa de Griffin.

Minha casa fica em Mulholland e, ao acionar o portão, olho para a vista do Valley, vendo o início de um novo dia, meu quinto dia de volta, e entro na pista circular e estaciono o carro ao lado do de minha mãe, parado próximo a uma Ferrari que não reconheço. Permaneço sentado, ouvindo os últimos versos de alguma música e saio do carro, encaminho-me para a entrada, encontrando minha chave e abrindo a porta. Subo para o quarto e tranco a porta e acendo um cigarro e ligo a televisão, tirando o som e abro o armário, onde encontro o vidro de Valium que escondi sob suéteres de cashmere. Após observar o pequeno comprimido amarelo com um furo no meio, decido que não preciso disso e volto a guardá-lo. Dispo-me e olho para o relógio digital, o mesmo tipo de relógio digital que Griffin tem, e percebo que só tenho algumas horas para dormir antes de me encontrar com o meu pai para o almoço. Confiro o despertador e me deito olhando fixamente para a televisão, pois eu já tinha ouvido dizer que, ao se firmar bem o olhar em uma tela de televisão durante um tempo razoável, o sono chega com facilidade.

O DESPERTADOR dispara às onze horas. O rádio toca uma música chamada "Artificial Insemination", que espero terminar para só então abrir os olhos e me levantar da cama. O sol inunda o quarto pelas venezianas e, quando me vejo no espelho, tenho a impressão de que um sorriso louco e alucinado se estampa em minha face. Entro no vestíbulo e observo o reflexo do meu rosto e corpo; flexiono os músculos algumas vezes, e penso em cortar o cabelo, concluindo que o que eu preciso mesmo é de uma corzinha. Viro-me e abro o papelote escondido também sob os suéteres. Aspiro duas carreiras do pó que comprei de Rip na noite passada e, ao fazê-lo, me sinto melhor. Continuo de sunga ao descer. Embora sejam onze horas, imagino que ninguém ainda tenha se levantado e reparo que a porta do quarto de minha mãe está fechada, provavelmente trancada. Vou para fora e mergulho na piscina, onde dou umas vinte braçadas rápidas, e saio enxugando-me com uma toalha, enquanto caminho para a cozinha. Tiro uma laranja da geladeira, que começo a descascar ao subir. Chupo-a antes de entrar no chuveiro e percebo que não terei tempo para me exercitar nos pesos. Entro no quarto e ligo a MTV a todo volume e aspiro outra carreira, saindo, logo em seguida, para almoçar com meu pai.

NÃO gosto de descer a Wilshire na hora do almoço. Parece que há sempre muitos carros e velhos demais e muitas empregadas esperando ônibus e acabo olhando para o outro lado e fumando demais e colocando o rádio no volume máximo. Agora mesmo, nada se move, embora o sinal esteja aberto. Enquanto eu espero no carro, olho para as pessoas nos outros carros ao lado do meu. Sempre que eu me encontro na Wilshire ou na Sunset durante a hora do almoço, tento estabelecer contato ocular com o motorista do carro ao lado do meu, preso ao trânsito. Quando isso não acontece, e geralmente não acontece, eu ponho os óculos escuros outra vez e solto o carro para a frente devagar. Ao entrar na Sunset, passo pelo outdoor que vi de manhã, onde se lê: "Desapareça aqui", e olho para o outro lado, um pouco cismado e tentando tirar isso da cabeça.

Os escritórios do meu pai ficam em Century City. Faço hora enquanto espero por ele na sala de recepção, espaçosa, com móveis luxuosos, mexendo com as secretárias, paquerando essa loura que é realmente uma graça. Não me importo que meu pai me deixe esperando aqui por meia hora devido a alguma reunião e depois pergunte por que estou atrasado. Não estou mesmo com vontade de sair para almoçar hoje, preferia estar na praia ou dormindo ou na piscina, mas sou cordato e sorrio e concordo meneando a cabeça e finjo ouvir todas as suas perguntas sobre a universidade e as respondo com certa sinceridade. Não me encabula demais que, no caminho para Ma Maison, ele desça a capota da 450 e ponha para tocar uma fita de Bob Seger, como se fosse uma espécie de estranho gesto de comunicação. Também não me irrita que, no almoço, meu pai fale com vários executivos, gente com quem lida na indústria cinematográfica, que para à nossa mesa, e que eu seja apresentado por ele apenas como "meu filho", nem que os homens de negócios passem todos a se assemelhar entre si, mas começo a me arrepender de não ter trazido o resto do pó.

Meu pai parece bastante saudável, se não se olhar para ele por muito tempo. Está realmente bronzeado e fez um implante de cabelo em Palm Springs, há duas semanas, ficando com os cabelos cheios e meio alourados. Fez também uma plástica no rosto. Fui visitá-lo no Cedars-Sinai e me lembro de ter visto a face coberta de esparadrapos e como ele os tocava com a ponta dos dedos, levemente.

– Por que não está pedindo o de sempre? – pergunto, verdadeiramente interessado, após fazermos os pedidos.

Sorri mostrando as coroas dos dentes.

– O nutricionista me proibiu.

– Ah...

– Como vai sua mãe? – pergunta calmamente.

– Está bem.

– Está mesmo bem?

– Está mesmo bem – fico tentado, por um instante, a contar-lhe sobre o Ferrari estacionado à entrada de casa.

– Tem certeza?

– Não há nada com que se preocupar.

– Isso é bom – pausa. – Ainda está frequentando aquele Dr. Crain?

Acedo com um grunhido.

– Isso é bom – repete.

Outra pausa. Um executivo passa para um papo rápido, depois prossegue.

– Bem, Clay, o que você quer de Natal?

– Nada – digo depois de um tempo.

– Quer que renove a sua assinatura da *Variety*?

– Já foi renovada.

Outra pausa.

– Precisa de dinheiro?

– Não – respondo sabendo que ele me dará algum mais tarde, na saída do Ma Maison talvez, ou na volta ao escritório.

– Você parece magro.

– Ummm.

– E pálido.

– São as drogas – resmungo.

– Não ouvi bem o que disse.

Olho para ele e digo:

– Engordei cinco quilos desde que voltei para casa.

– Ah – se serve de vinho branco.

Um outro executivo se encosta.

Ao sairmos, meu pai vira-se para mim e indaga:

– Quer ir a Palm Springs no Natal?

Certo dia, por volta do final do meu último ano no ginásio, não fui à escola. Ao invés disso, peguei o carro e dirigi sozinho até Palm Springs e ouvi muitas fitas antigas das quais gostava antes, mas agora nem tanto, e parei num McDonald's em Sunland para tomar uma Coca e fui até o deserto e estacionei em frente à velha casa. Eu não gostava da nova que a família comprara; bem, era interessante, mas não como a antiga. Ela estava vazia e, por fora, parecia bem gasta e descuidada, com mato, uma antena de televisão caída do telhado e latas de lixo jogadas onde antes fora o gramado da frente. A piscina estava vazia e, então, todas essas memórias se abateram sobre mim e tive que sentar com meu uniforme escolar nos degraus da piscina e chorar. Lembrei-me das noites de sexta-feira, quando chegava de carro, e das de domingo, quando partia, e das tardes despendidas jogando baralho nas espreguiçadeiras perto da piscina com minha avó. Mas tais memórias pareciam desbotadas em comparação com as latas de cerveja vazias espalhadas por todo o gramado morto, ou as janelas, todas quebradas e espatifadas. Minha tia tentara vender a casa, mas creio que uma espécie de sentimentalismo a impediu de fazê-lo. Meu pai queria vendê-la e ficou bastante contrariado por ninguém tê-lo feito. Não se falou mais no assunto e a casa virou uma barreira entre eles, nunca mais mencionada.

Eu não tinha ido a Palm Springs naquele dia para dar uma olhada ou ver a casa, nem porque quis matar aula ou coisa parecida. Talvez tenha ido porque quis me lembrar das coisas de jeito que foram. Não sei.

VOLTANDO para casa, após o almoço, passo no Hospital Cedars-Sinai para visitar Muriel, já que Blair me disse que ela quer mesmo me ver. Está bastante pálida e tão magra que se podem ver nitidamente as veias do seu pescoço. Tem olheiras profundas sob os olhos, e o batom rosa que usa vai mal com a pele branca e esmaecida de seu rosto. Está assistindo a um programa de ginástica na TV e tem uma certa quantidade de *Glamour*, *Vogue* e *Interview* ao lado da cama. As cortinas estão fechadas, e ela me pede que as abra. Quando o faço, põe os óculos escuros e diz que está tendo uma crise de nicotina e "absolutamente doida" por um cigarro. Digo que não tenho nenhum. Ela deixa para lá e aumenta o volume da televisão e ri das pessoas fazendo ginástica. Não fala muito, o que é bom, até certo ponto, porque eu também não tenho o hábito.

Deixo o estacionamento do Cedars-Sinai e pego ruas erradas e vou sair em Santa Mônica. Suspiro, aumento o volume do rádio quando umas garotas cantam sobre um terremoto em Los Angeles: "*My surfboard's ready for the tidal wave*". Um carro para ao lado do meu no sinal fechado e me viro para ver quem está dentro dele. Dois rapazes estão num Fiat, ambos de cabelo curto, bigodes cheios, camisas xadrez de manga curta e blusões de esquiar, e um deles me fita com um olhar de completa surpresa e incredulidade, fala algo com o amigo e, em seguida, os dois passam a me olhar. "*Smack, smack, I fell in a crack.*" O motorista abaixa o vidro da janela e fico tenso, e ele me faz uma pergunta, mas como minha janela está fechada e a capota não está levantada, não lhe respondo. O motorista repete o que perguntou, certo de que sou um determinado ator. "*Now I'm part of the debris*"*, guincham as meninas. O sinal abre e sigo em frente, mas eu me acho na pista da esquerda e é sexta-feira à tarde, quase cinco horas, e o trânsito está engarrafado e, portanto, quando paro em outro sinal, o Fiat está de novo ao meu lado, e as duas bichas-loucas estão rindo e apontando para mim, fazendo a mesma pergunta, sem parar. Até que finalmente entro à esquerda, mesmo sendo proibido, e vou dar numa rua lateral, onde estaciono, espero um pouco, desligo o rádio e acendo um cigarro.

Rip e eu combinamos de nos encontrar no Café Casino em Westwood, e ele ainda não apareceu. Não há o que fazer em Westwood. O calor é intenso demais para se andar e eu já vi todos os filmes em cartaz, alguns até duas vezes, fico, então, sob as barracas de sol no Café Casino e tomo Perrier e um suco de grapefruit, enquanto vejo os carros passarem ao calor. Acendo um cigarro e observo a garrafa de Perrier. Duas garotas, de dezesseis, dezessete anos, mais ou menos, ambas de cabelo curto, estão na mesa ao lado e passo a observá-las, e elas também flertam comigo, uma descasca uma laranja e a outra toma um cafezinho. A que descasca laranja pergunta à outra se deve pôr uma mecha grená no cabelo. A que toma café sorve um gole e responde que não. A primeira indaga sobre o que a amiga acha de outras cores, de antracito, por exemplo. A segunda toma outro gole de café, pensa por alguns minutos e, então, diz que não, que vermelho é melhor e, se não vermelho, talvez lilás, mas grená ou antracito definitivamente não. Olho para ela, e ela para mim; volto, então, meus olhos para a garrafa de Perrier. A garota

* Os três versos da música são apocalípticos: "Minha prancha está pronta para a onda do maremoto", depois, "catapumba, catapumba, caí num buraco", e, finalmente, "agora sou parte dos destroços". (N.T.)

do cafezinho hesita alguns segundos e pergunta em seguida: "O que é antracito?".

Um Porsche preto, com vidros fumê, estaciona próximo ao Café Casino e, de dentro dele, sai Julian. Ele me vê e, embora demonstre não querer, aproxima-se. A sua mão desaba sobre o meu ombro e aperto-lhe a outra.

– Julian, como tem passado?

– Olá, Clay, como andam as coisas? Há quanto tempo está de volta?

– Há uns cinco dias – respondo. – Apenas há uns cinco dias.

– O que tem feito? Como andam as coisas?

– Estou esperando por Rip.

Julian parece bem cansado e um pouco fraco, mas eu lhe digo que está com uma ótima aparência, e ele diz que eu também, mas que preciso pegar uma corzinha.

– Ei, ouça – começa a dizer –, desculpe-me por eu não ter me encontrado com você e Trent naquela noite no Carney's e ter ficado dopado naquela festa. É assim, tenho estado péssimo nos últimos quatro dias, por isso, sabe, esqueci... nem estive em casa – dá um tapa na testa. – Puxa, cara, minha mãe deve estar alucinada. – Faz uma pausa, não sorri. Estou farto de lidar com as pessoas. – Olha através de mim. – Que merda, nem sei.

Miro o Porsche preto e tento ver através dos vidros fumê e passo a imaginar que há outra pessoa no carro. Julian começa a brincar com as chaves.

– Quer alguma coisa, cara? – pergunta. – Quer dizer, eu gosto de você e, se precisar de alguma coisa, apareça para me ver, está certo?

– Obrigado. Não preciso de nada, não mesmo.

Paro e me sinto meio triste.

– Puxa, Julian, como você tem estado? Nós precisamos sair juntos, ou coisa do gênero. Há muito tempo não o vejo. – Paro. – Tenho sentido sua falta.

Julian para de mexer nas chaves e olha para além de mim.

– Estou bem. Como foi... que merda, onde você andava, Vermont?

– Não. New Hampshire.

– Ah, é. Como era lá?

– Tudo bem. Ouvi falar que você abandonou a USC.

– Ah, é. Eu não podia aturar. É uma total embromação. Ano que vem, quem sabe?

– Pode ser... Esteve com Trent?

– Olhe, cara, se eu quiser me encontrar com ele, eu me encontro.

Outra pausa, só que mais longa.

– O que anda fazendo? – finalmente pergunto.

– O quê?

– Por onde você tem andado? O que você tem feito?

– Ah, nada. Por aí. Fui àquele show do Tom Petty no... Fórum. Ele cantou aquela música, ah, você sabe, aquela música que nós sempre escutávamos...

Julian fecha os olhos e tenta lembrar-se da canção.

– Puxa, que merda, você sabe...

Cantarola um pequeno trecho e surge a letra: "*Straight into darkness, we went straight into darkness, out over that line, yeah, straight in to darkness, straight into Night...*".

As duas garotas olham para nós. Encaro a garrafa de Perrier, um pouco sem graça e digo:

– É, me lembro.

– Adoro essa música.

– É, eu também gostava. O que mais tem pintado?

– Nada de bom – ri. – Ah, não sei. Só estou curtindo por aí.

– Você telefonou e deixou um recado, não foi?

– Foi, sim.

– O que queria?

– Oh, esqueça, não era tão importante.

– Vamos, o que era?

– Eu disse para você esquecer, Clay.

Tira os óculos escuros e cerra os olhos, que perdem toda a expressão, e a única coisa que consigo dizer é:

– Como foi o show?

– O quê? – Começa a roer as unhas.

– O show. Como foi?

Está olhando para mais alguém. As duas garotas levantam-se e saem.

– Uma bosta, cara. Uma bosta, uma porcaria – acaba por dizer, e sai andando. – Até mais tarde.

– Até mais tarde – digo, observando o Porsche, com a mesma impressão de que há alguém lá dentro.

Rip não chega a aparecer nunca no Café Casino, e, finalmente, me telefona, mais tarde, por volta das três horas, dizendo para eu ir ao seu apartamento, em Wilshire. Spin, que mora com ele, está tomando sol nu na sacada e Devo controla o som. Entro no quarto de Rip, e ele está na cama, sem roupa, e há um espelho na mesa de cabeceira ao lado da cama e ele está aspirando uma carreira de pó. Diz para eu entrar, sentar e observar o visual. Chego à janela e ele mostra o espelho e pergunta se quero pó e respondo que acho que não, agora não.

Um rapaz bem jovem, prováveis dezesseis anos, talvez quinze, bem bronzeado, sai do banheiro, subindo o fecho do jeans e abotoando o cinto. Senta-se à beira da cama e calça as botas, que parecem grandes demais para ele. O cara tem cabelo espetado, louro, bem curto, e uma camiseta do Fear e uma pulseira de couro preto presa a um dos pulsos. Rip não diz nada a ele e finjo que o cara não existe. Ele fica de pé e encara Rip e, então, vai-se embora.

De onde estou sentado, assisto a Spin levantar e ir à cozinha, ainda despido, e começar a espremer grapefruit numa enorme jarra de vidro. Grita da cozinha para Rip:

– Fez as reservas com Cliff no Morton's?

– Claro, tesão – Rip grita, antes de cheirar a carreira.

Começo a imaginar que Rip me convidou porque não pode se encontrar comigo em outro lugar. Há um pôster antigo dos Beach Boys, muito bem montado, acima da cama de Rip, e passo a observá-lo, tentando me lembrar qual deles morreu, enquanto isso Rip percorre mais carreiras. Rip joga a cabeça para trás, sacudindo-a e fungando bem alto. Olha, então, para mim e quer saber o que eu estava fazendo no Café Casino de Westwood, quando se lembra nitidamente de ter marcado comigo no Café Casino de Beverly Hills. Respondo que tenho plena consciência de que ele marcou o nosso encontro no Café Casino de Westwood.

Rip retruca:

– Não, nada disso. – E então: – De qualquer modo, não interessa.

– É, acho que sim.

– Você precisa de quanto?

Puxo a carteira e tenho a nítida impressão de que Rip nunca chegou a ir ao Casino de Beverly Hills tampouco.

Trent está ao telefone, em seu quarto, tentando conseguir algum pó de um traficante que mora em Malibu, já que não pôde entrar em contato com Julian. Depois de tagarelar com o sujeito por vinte minutos, desliga o aparelho e olha para mim. Gesticulo que está tudo bem e acendo um cigarro. O telefone começa a tocar e Trent me conta que vai a Westwood assistir a um filme, qualquer filme, comigo, já que nove filmes entraram em circuito sexta-feira. Trent suspira e atende ao telefone. É o novo traficante. A ligação não está boa. Trent desliga e comento que talvez devêssemos sair, ir a uma sessão das quatro. Trent responde que com certeza seria bom eu ir com Daniel ou Rip ou algum de meus "amiguinhos veados".

– Daniel não é veado – eu digo, entediado, trocando os canais da televisão.

– Todo mundo pensa que ele é.

– Quem, por exemplo?

– Blair, por exemplo.

– Bem, ele não é.

– Conte a Blair.

– Não estou transando mais com Blair. Isso acabou, Trent – falo, tentando manter a voz firme.

– Não creio que ela pense assim – Trent responde, deitado na cama, fitando o teto.

Depois de muito tempo, pergunto:

– Pelo que você se interessa?

– É bem provável que eu não me interesse por nada – suspira.

Trent muda de assunto e diz que eu devo ir com ele a uma festa que está se realizando para algum grupo novo no Roxy. Indago de quem é a festa, e ele responde que não tem muita certeza.

– Para que grupo é a festa?

– Um grupo novo.

– Qual grupo novo?

– Não sei, Clay.

O cão começa a ladrar bem alto no andar de baixo.

– Quem sabe – digo – Daniel esteja dando uma festa hoje.

– Grande! – diz, sarcasticamente. – Uma festa de veados.

O telefone toca outra vez.

– Vá se foder – eu digo.

– Porra! – Trent grita, sentando-se, agarrando o telefone e berrando para o aparelho. – Eu nem quero essa sua cocaína! – Ele se contém por um instante e prossegue: – Está bem, já vou descer.

Desliga o telefone e vira-se para mim.

– Quem era? – indago.

– Minha mãe. Estava ligando do andar de baixo.

Descemos. A empregada está sentada na sala, com uma expressão atordoada, assistindo à TV. Trent me conta que ela não gosta de arrumar a casa quando há alguma visita. "De qualquer modo, ela está sempre atordoada. Mamãe se sente culpada, já que a família dela foi morta em El Salvador, mas acho que, mais cedo ou mais tarde, vai despedi-la." Trent chega perto da empregada e ela ergue o olhar, nervosa, e sorri. Trent experimenta falar um pouco espanhol, mas não consegue comunicar-se com ela, que continua olhando para ele, um olhar vazio, tentando balançar a cabeça e sorrir. Trent se volta e diz: "É cabeça feita outra vez".

Na cozinha, a mãe de Trent está fumando um cigarro e terminando um refrigerante dietético antes de sair para algum desfile de modas em Century City. Trent tira uma jarra de suco de laranja da geladeira, se serve, e me oferece. Recuso. Ele olha para a mãe e bebe um gole. Ninguém fala nada por uns dois minutos, nada, até que a mãe de Trent se despede: "Tchau". Trent não diz nada a não ser: "Quer ir hoje à noite ao Roxy ou o quê, Clay?".

– Acho que não – respondo, tentando adivinhar o que a mãe dele queria.

– É? Não vai?

– Acho que vou à festa de Daniel.

– Genial.

Ia perguntar-lhe se está com vontade de ir ao cinema, mas o telefone toca no andar de cima e Trent sai correndo da cozinha para atendê-lo. Retorno à sala e fico a olhar pela janela e vejo quando a mãe de Trent entra no carro e sai. A empregada de El Salvador fica de pé e caminha lentamente até o banheiro, de onde posso ouvi-la às gargalhadas, depois vomitando e gargalhando de novo. Trent entra na sala com uma expressão enfurecida, e me sento diante da TV; o telefonema não deve ter sido animador.

– Acho que a sua empregada está doente, não sei, não – menciono.

Trent dá uma olhada em direção ao banheiro e indaga:

– Está ficando descontrolada de novo?

Sento-me em outro sofá:

– Creio que sim.

– Mamãe vai despedi-la logo, logo.

Toma um gole do suco que ainda traz na mão e passa a assistir à MTV.

Olho para a janela.

– Não tenho vontade de fazer nada – acaba por dizer.

Decido que também não quero ir ao cinema e penso em quem poderia me acompanhar à festa de Daniel. Talvez Blair.

– Quer ver *Alien*? – Trent pergunta, olhos fechados, pés na mesinha. – Nossa, isso sim a deixaria completamente fora de si.

RESOLVO levar Blair à festa de Daniel. Passo em sua casa, em Beverly Hills, e ela está com um chapéu cor-de-rosa e uma minissaia azul e luvas amarelas e óculos escuros, e me diz que naquele dia, no Fred Segal alguém comentou que ela deveria pertencer a alguma banda. E menciona algo sobre fundar uma, talvez num estilo algo New Wave. Eu sorrio e concordo que parece uma boa ideia, sem saber ao certo se ela está tentando ser sarcástica, e me agarro ao volante do carro com mais firmeza.

Mal conheço as pessoas presentes à festa e, finalmente, encontro Daniel sentado, embriagado e sozinho, ao lado da piscina, de jeans preto e camiseta branca dos Specials e óculos escuros. Sento-me ao seu lado, enquanto Blair pega as bebidas. Eu não estou certo se Daniel está admirando a água ou simplesmente desligado, mas, afinal, se manifesta e diz: "Olá, Clay".

– Olá, Daniel.

– Está gostando? – pergunta bem devagar, virando-se para me ver.

– Acabei de chegar.

– Ah – faz uma pausa. – Veio com quem?

– Blair. Ela foi buscar uma bebida.

Tiro os óculos escuros e examino o curativo em sua mão.

– Acho que ela pensa que somos namorados.

Daniel continua de óculos escuros e concorda com a cabeça, sem sorrir.

Ponho os óculos novamente.

Daniel vira o rosto para a piscina.

– Onde estão seus pais? – pergunto.

– Meus pais?

– Sim.

– Creio que no Japão.

– O que fazem por lá?

– Compras.

Faço que sim com um gesto.

– Podem estar até na clínica de Aspen – diz ele. – Faz alguma diferença?

Blair chega com gim-tônica numa das mãos e uma cerveja na outra e me passa a cerveja e acende um cigarro, dizendo: "Não fale com aquele sujeito de camisa polo azul e vermelha. Pode crer que é cana". E, logo em seguida: "Meus óculos estão tortos?".

– Não – respondo, e ela sorri e pousa a mão em minha coxa, sussurrando no meu ouvido: "Não conheço ninguém aqui. Vamos embora. Já".

Observa Daniel.

– Ele está vivo?

– Não sei.

– O quê? – Daniel se vira para nós. – Olá, Blair.

– Olá, Daniel.

– Estamos saindo – digo, excitado com o sussurro de Blair e a sua mão enluvada na parte de dentro da minha coxa.

– Por quê?

– Por quê? Bem, porque... – minha voz se esvai.

– Mas vocês acabaram de chegar.

– É, mas temos realmente que ir.

Eu também não estou interessado em ficar, e ir para a casa de Blair parece ser uma ideia agradável.

– Espere um pouco.

Daniel tenta levantar-se da espreguiçadeira mas não consegue.

– Por quê? – indago.

Isso provavelmente o confunde, visto que nada diz.

Blair olha para mim.

– Só para ficar aqui – diz ele.

– Blair não está se sentindo bem – insisto.

– Mas eu queria que você conhecesse Carleton e Cecil. Já deviam ter chegado, mas sua limusine quebrou no Palisades e...

Daniel suspira e torna a fitar a piscina.

– Sinto muito, garotão – falo, me levantando. – Vamos combinar um almoço.

– Carleton estuda no Instituto de Cinema.

– Bem, é que Blair realmente não está... Ela quer ir. Agora.

Blair concorda e pigarreia.

– Quem sabe eu passe aqui mais tarde – eu digo, me sentindo culpado por estar saindo tão cedo, me sentindo culpado por estar indo à casa de Blair.

– Não, você não vem.

Daniel se estica e suspira outra vez.

Blair está ficando muito aflita e me diz: "Ouça, não estou nem um pouco disposta a ficar discutindo esta droga a noite toda. Vamos logo, Clay". Termina o gim-tônica.

– Olhe, Daniel, estamos indo, está bem? Tchau.

Daniel diz que me telefonará no dia seguinte.

– Vamos almoçar, ou coisa parecida.

– Ótimo – concordo sem muito entusiasmo. – Vamos almoçar.

Uma vez no carro, Blair pede:

– Vamos para algum lugar. Depressa.

Penso comigo mesmo: "Por que eu não viro e falo logo?".

– Para onde? – pergunto-lhe.

Ela protela um pouco, cita uma boate.

– Deixei minha carteira em casa – minto.

– Tenho um passe lá – ela diz sabendo que eu menti.

– Não estou com muita vontade.

Ela aumenta o volume do rádio e começa a acompanhar a música, enquanto eu imagino que deva simplesmente ir dirigindo até a sua casa. No entanto, passo a dirigir sem ter certeza para onde vou. Paramos num café em Beverly Hills e, depois, quando voltamos ao carro, pergunto: "Aonde você quer ir, Blair?".

– Quero ir... – ela se cala. – Para minha casa.

Eu estou deitado na cama de Blair. Há uma variedade de bichinhos de pelúcia espalhados pelo chão e, ao pé da cama, quando me viro de costas, sinto algo duro e felpudo e tateio com a mão e constato que é um gato preto de pelúcia. Atiro o gato ao chão e me levanto e tomo um banho. Depois de enxugar o cabelo, enrolo a toalha na cintura e retorno ao quarto, começo a me vestir. Blair está fumando um cigarro e assistindo à MTV, o som muito baixo.

– Vai me telefonar antes do Natal? – indaga ela.

– Provavelmente – visto o colete, imaginando a razão de ter vindo parar ali.

– Você tem o meu número de telefone ainda, não tem?

– Pega um bloco e passa a anotar.

– Sim, Blair. Tenho seu número. Eu vou lhe telefonar. Fecho o jeans e viro-me para sair.

– Clay?

– Sim, Blair.

– Se eu não o vir antes do Natal – ela faz uma pausa. – Que seja um bom Natal para você.

Olho-a por um instante.

– É, para você também.

Ela apanha o gato de pelúcia e afaga sua cabeça.

Saio e fecho a porta.

– Clay? – sussurra ela em voz alta.

Paro, mas não me volto:

– Sim?

– Nada.

HAVIA muito tempo que não chovia na cidade, e Blair ficava me telefonando para dizer que nós dois devíamos nos encontrar para ir ao clube à beira-mar. Eu estava cansado ou embriagado ou de ressaca demais para levantar à tarde nem que fosse só para sair e sentar sob as barracas do clube ao calor do sol com Blair. Então resolvemos ir a Pajaro Dunes, em Monterey, onde era fresco e onde o mar cintilava e era verde e meus pais tinham uma casa na praia. Chegamos no meu carro e dormimos no quarto principal, e fomos para a vila e compramos comida e cigarros e velas. Não havia muito a fazer na vila; um cinema velho precisando de pintura e gaivotas e piers em ruínas e pescadores mexicanos que assobiavam para Blair e uma igreja antiga que Blair fotografara, mas dentro da qual não chegara a entrar. Achamos uma caixa de champanhe na garagem e acabamos com ela em uma semana. Abríamos uma garrafa geralmente ao final da manhã depois de termos ido andar pela praia. De manhã bem cedo, fazíamos amor, ou na sala ou no chão do quarto principal e fechávamos janelas e acendíamos as velas que compráramos na vila, e ficávamos assistindo às nossas sombras iluminadas contra a parede branca se mexerem, se transmutarem.

A casa era velha e desbotada e tinha um pátio e uma quadra de tênis, mas não jogávamos. Não, eu andava pela casa à noite e ouvia discos antigos de que gostava naquele tempo e sentava no pátio e bebia o que restara do champanhe. Não gostava tanto da casa e às vezes tinha que sair para o deck à noite, porque não suportava as paredes brancas e as venezianas finas e os azulejos pretos na cozinha. Andava pela praia durante a noite e às vezes sentava na areia úmida e fumava um cigarro e fitava a casa iluminada e via a silhueta de Blair na sala, falando ao telefone com alguém que se encontrava em Palm Springs. Quando eu voltava, ambos estávamos embriagados e ela sugeria que fôssemos nadar, porém estava muito frio e escuro, e, por isso, sentávamos na pequena jacuzzi no meio do pátio e fazíamos amor.

Durante o dia, eu sentava na sala e tentava ler o San Francisco Chronicle, *e ela andava pela praia e catava conchas, e logo começamos a ir para a cama um pouco antes do amanhecer e acordávamos no meio da tarde, e abríamos outra garrafa. Certo dia, pegamos o conversível e fomos a uma parte mais afastada da praia. Comemos caviar, e Blair preparou um patê de cebola e ovos e queijo, e levamos frutas e alguns biscoitos de canela que Blair adorava, e um miniengradado de refrigerante dietético, porque Blair só bebia isso, e champanhe, e, ou corríamos pelo litoral deserto, ou tentávamos nadar na forte arrebentação.*

Mas logo fiquei desorientado e sabia que bebera demais, e sempre que Blair estava para dizer algo, me flagrava cerrando os olhos e suspirando. A água ficou mais fria, bravia e a areia ficou molhada, e Blair sentava sozinha no deck que se projetava sobre o mar descobrindo barcos na névoa da tarde. Eu ficava observando-a jogar paciência pela parede envidraçada da sala, e ouvia os barcos gemerem e rangerem, e Blair bebia outra taça de champanhe e tudo isso me perturbava.

Logo o champanhe acabou e abri o armário de licores. Blair ficou bronzeada e eu também e, ao fim da semana, tudo o que fazíamos era ver televisão e beber bourbon, embora a transmissão não fosse das melhores, e Blair fazia arranjos de conchas em padrões circulares no chão da sala. Certa noite, Blair resmungou, enquanto sentávamos em cantos opostos da sala: "Nós devíamos ter ido para Palm Springs". Eu soube, então, que era hora de partir.

AO DEIXAR a casa de Blair, desço Wilshire e tomo a direção de Santa Mônica e sigo pela Sunset e pego Beverly Glen até Mulholland, e então Mulholland até Sepulveda e Sepulveda até Ventura e percorro a Sherman Oaks até Encino e, em seguida, Tarzana e depois Woodland Hills. Paro num Sambo's que fica aberto toda a noite e me sento sozinho a uma mesa enorme e vazia e o vento começou e com tanta força que as vidraças tremem e o seu barulho ao sacudir, prestes a quebrar, inunda o café. Há dois caras na mesa ao lado da minha, ambos usando casacos pretos e óculos escuros, e o que traz um bóton de Billy Idol na lapela fica batendo com a mão na mesa, como se tentasse marcar um ritmo. Mas sua mão está trêmula e seu ritmo descompassado e, vez por outra, a mão escapole da mesa e esbarra no nada. A garçonete chega e entrega a conta e agradece, e o sujeito do Billy Idol toma-lhe a conta da mão e a confere, rapidamente.

– Puta que pariu, você não sabe somar?

– Acho que está certa – diz a garçonete, um tanto nervosa.

– Acha, é? – zomba ele.

Tenho a impressão de que algo vai dar errado, mas o outro fala: "Esqueça". E depois: "Pô, detesto essa porra de Valley". E enfia a mão no bolso e atira uma nota de dez na mesa.

O amigo dele levanta, arrota e resmunga: "O pessoal do Valley é foda!". Alto o bastante para ela ouvir. "Vá gastar o troco na Galleria, ou sei lá que bosta vocês frequentam." E saem do restaurante e andam contra o vento.

Quando a garçonete vem tomar meu pedido, parece bastante agitada. "Drogados filhos da puta. Já estive em lugares fora do Valley e não são tão bacanas assim", ela me diz.

Paro numa banca no caminho de casa e compro uma revista pornográfica com duas mulheres na capa numa foto laminada segurando chicotes e arreios. Fico completamente imóvel e as ruas estão vazias e tudo está quieto, só se ouve o farfalhar dos jornais e das revistas, o sujeito da banca correndo, cobrindo as pilhas com tijolos de modo que não saiam voando. Posso ouvir, ainda, o som de coiotes uivando e cachorros latindo e palmeiras vergando ao vento nos morros. Entro no carro, que o vento sacode por um instante, e saio dirigindo, subindo para minha casa, nas montanhas.

Da minha cama, ao final da noite, posso ouvir as vidraças por toda a casa, estremecendo, e fico realmente alucinado, acreditando que elas vão rachar e se estilhaçar. Isso me acorda e sento-me na cama e olho para a janela e depois espio o pôster de Elvis, e seus olhos estão voltados para a janela, para o além, para a noite, e seu rosto parece quase se alarmar com o que vê, a palavra "Confie" acima do rosto transtornado. E penso no outdoor em Sunset e no modo como Julian me atravessou com o olhar no Café Casino, e quando finalmente adormeço, já é véspera de Natal.

Daniel me telefona na véspera do Natal, dizendo que se sente melhor e que na noite passada, em sua festa, alguém lhe dera um Mandrix estragado. Daniel acredita que Vanden, uma menina com quem transa na faculdade em New Hampshire, esteja grávida. Ele se lembra que, numa festa antes de vir, ela chegou a tocar no assunto, meio de brincadeira.

E Daniel recebeu uma carta sua há dias que diz que talvez Vanden não volte, que talvez ela funde uma banda punk em Nova York chamada The Spider's Web; que talvez ela passe a viver no Village com um baterista da faculdade; que talvez eles consigam uma boca para fazer a abertura de um show no Peppermint Lounge ou no CBGB'S; que talvez ela venha a Los Angeles; que talvez o filho seja de Daniel; que talvez ela faça um aborto, livrando-se dele; que os seus pais talvez tenham se separado e a mãe mude de volta para Connecticut e que talvez ela volte para lá e fique com a mãe por um mês ou mais, e que o pai, um mandachuva na rede de TV ABC, está preocupado com ela. Daniel diz que a carta não é muito clara.

Estou deitado na cama, assistindo à MTV, com o telefone escorado no ombro, e digo a ele para não se preocupar e, em seguida, indago se seus pais voltam para o Natal, ao que ele responde que vão continuar fora mais duas semanas e que ele vai passar o Natal com alguns amigos em Bel Air. Vai passá-lo, também, com uma menina que conheceu em Malibu, mas ela está com mononucleose e pensando bem ele não acha que a ideia seja tão interessante, com o que concordo. Daniel pergunta se deve entrar em contato com Vanden, e me surpreendo com o ímpeto com que me importo e o incentivo a fazê-lo, e ele diz que não vê nenhum sentido nisso e me deseja "Feliz Natal, garotão", e desligamos.

ESTOU sentado no salão principal do Chasen's com meus pais e minhas irmãs e é tarde, por volta de nove e meia ou dez da véspera de Natal. Ao invés de comer alguma coisa, fito o prato e mexo com o garfo, de uma borda à outra, totalmente vidrado no talher abrindo caminho por entre as ervilhas. Meu pai me assusta ao derramar mais champanhe em minha taça. Minhas irmãs parecem entediadas e bronzeadas e falam de amigas anoréxicas e de um modelo da Calvin Klein e parecem mais velhas do que eu me lembrava, ainda mais quando erguem as taças pelo pé e tomam lentamente o champanhe; contam-me algumas piadas que não entendo e dizem a meu pai o que querem de Natal.

Apanhamos meu pai no início da noite em sua cobertura em Century City. Parecia já haver aberto uma garrafa de champanhe e tomado quase todo o seu conteúdo antes de chegarmos. A cobertura de Century City, para a qual meu pai se mudou depois de ter se separado de mamãe, é muito grande e decorada com gosto, e tem um jacuzzi enorme em frente ao quarto, sempre quente e fumegando. Ele e minha mãe, que não tinham se falado muito desde a separação, que ocorreu, creio, por volta de um ano atrás, aparentam, realmente, nervosismo e irritação pelo fato das festividades nos obrigarem a nos reunirmos, e estão sentados em cantos opostos da sala, trocando, talvez, apenas umas quatro palavras um com o outro.

– Seu carro? – indaga meu pai.

– Sim – minha mãe responde, fitando a pequena árvore de Natal que a empregada dele decorou.

– Ótimo.

Meu pai termina sua taça de champanhe e serve-se de outra. Minha mãe pede o pão. Meu pai limpa a boca no guardanapo, pigarreia, e eu fico tenso, sabendo que ele vai perguntar a todos o que queremos de Natal, muito embora minhas irmãs já lhe tenham dito. Papai move a boca. Cerro os olhos, e ele pergunta se alguém quer sobremesa. Anticlímax total. O garçom se aproxima. Eu recuso. Não olho muito para meus pais, só passo a mão pelo cabelo, desejando ter um pozinho, qualquer coisa, para suportar isso e observo, em torno, o restaurante, apenas metade ocupado; as pessoas murmuram entre si e seus cochichos, de alguma forma, flutuam pelo ar e percebo que, no fundo, tudo se enquadra: eu sou este rapaz de dezoito anos com cabelos louros e mãos trêmulas e meio bronzeado e um pouco embriagado, sentado no Chasen's na esquina de Doheny com Beverly, esperando meu pai perguntar o que quero de Natal.

Ninguém tem muito assunto e nem se importa com nada, pelo menos não eu. Meu pai menciona que um dos seus associados faleceu recentemente, de câncer no pâncreas, e minha mãe comenta que uma conhecida, uma parceira de tênis, fez mastectomia. Meu pai pede outra garrafa – terceira? quarta? – e cita uma nova transação comercial. A mais velha das minhas irmãs boceja espetando as verduras da salada. Penso em Blair sozinha em sua cama afagando aquele estúpido gato preto e no outdoor que diz "Desapareça aqui" e nos olhos de Julian, e imagino se ele estaria disponível, e nas pessoas que têm medo de mudar e no modo como a piscina ficava à noite, a água iluminada, brilhando nos fundos da casa.

Jared entra no recinto, não acompanhado do pai de Blair, mas de uma modelo famosa que não despe seu casaco de peles, assim como Jared não tira seus óculos escuros. Mais um conhecido de meu pai, um sujeito da Warner Brothers, vem até a mesa e nos deseja um feliz Natal. Não escuto a conversa. Observo minha mãe, de olhar fixo em sua taça e uma das minhas irmãs lhe conta uma piada que ela não entende e pede outra bebida. Passa-me pela cabeça a dúvida se o pai de Blair sabe que Jared está no Chasen's com a tal modelo famosa. Eu espero nunca ter que passar por isto outra vez.

DEIXAMOS o Chasen's e as ruas estão vazias e o ar ainda seco e quente e o vento ainda sopra. Na Little Santa Mônica, um carro permanece revirado, janelas quebradas, e, quando passamos por ele, minhas irmãs esticam os pescoços, tentando ver melhor, e pedem a minha mãe, que está ao volante, para seguir devagar; ela não concorda e minhas irmãs reclamam. Vamos ao Jimmy's, e minha mãe encosta o Mercedes, que o manobrista leva para estacionar, e sentamos todos numa poltrona próxima a uma mesinha na área mais escura do bar. O

Jimmy's está bem vazio; e, exceto por alguns casais desgarrados no bar e outra família sentada à nossa frente, não há mais ninguém. Um pianista toca "September Song" e canta suavemente. Meu pai reclama por achar que ele deveria estar tocando músicas de Natal. Minhas irmãs vão ao toalete e, quando voltam, dizem ter visto uma lagartixa dentro de um dos boxes e minha mãe retruca que não compreendeu a piada.

Passo a paquerar a filha mais velha da família à nossa frente e conjecturo se nossa família assemelha-se àquela. A garota é muito parecida com uma menina que namorei ligeiramente em New Hampshire. Tem cabelos louros, curtos, olhos azuis e pele bronzeada, e quando nota que eu a estou fitando, desvia o olhar, sorrindo. Meu pai solicita um telefone, e trazem um aparelho com uma longa extensão, e ele disca para o pai em Palm Springs, e todos lhe desejamos um feliz Natal, e me sinto um tolo dizendo "feliz Natal, vovô" na frente dessa garota.

No caminho de casa, após deixarmos meu pai em sua cobertura em Century City, pressiono o rosto contra o vidro do carro e acompanho as luzes do Valley, em direção ao alto dos morros, enquanto seguimos pela Mulholland. Uma de minhas irmãs vestiu o casaco de peles de minha mãe e adormeceu. O portão se abre e o carro segue pela pista de entrada. Minha mãe aperta um botão que fecha o portão e tento desejar-lhe um feliz Natal, mas as palavras não conseguem sair e deixo-a sozinha no automóvel.

NATAL em Palm Springs. Sempre fazia calor. Mesmo que estivesse chovendo, o clima era quente. Houve um Natal, o último Natal, depois de tudo acabado, depois de deixarmos a casa antiga, em que estava tão quente, que a maioria das pessoas era incapaz de se lembrar de calor pior. Ninguém queria acreditar que a temperatura pudesse ficar tão alta daquela forma; era simplesmente impossível. Mas o termômetro no Security National Bank no Rancho Mirage exibia 44 e 45 e 47 graus e tudo que eu podia fazer era observar aqueles números, recusando-me a crer que fosse viável um calor daqueles, tão infernal. Eu olhava para o deserto e um vento cálido açoitava meu rosto e o sol fulgia tão causticante que meus óculos escuros não eram suficientes para deter-lhe o fulgor e eu tinha que cerrar os olhos para ver que o metal nas placas de rua estava se contorcendo, se retorcendo, até mesmo derretendo ao calor, e eu sabia que tinha que acreditar naquilo.

As noites, durante o Natal, não eram melhores. Às sete horas o céu continuava claro e conservava seu alaranjado até as oito e os ventos quentes através dos cânions espalhavam-se por todo o deserto. Quando finalmente escurecia, as noites tornavam-se quentes e negras, e havia algumas em que estranhas nuvens brancas flutuavam lentamente e desapareciam ao amanhecer. Tudo era quietude. Era singular descer a rodovia 110 à uma ou às duas horas da manhã. Nenhum outro veículo na estrada, e se eu parasse no acostamento e desligasse o rádio e abaixasse os vidros das janelas, nada ouviria. Só minha própria respiração totalmente ofegante e seca, vindo em sopros irregulares. Mas não era possível permanecer assim por muito tempo, visto que eu reparava em meus olhos no retrovisor, órbitas vermelhas, apavorados, e ficava extremamente assustado, sem saber por que, e dirigia a toda velocidade para casa.

O cair da tarde era o único período do dia em que me aventurava fora de casa. Esperava um pouco perto da piscina, chupando picolés de banana e lendo o Herald Examiner, *quando havia sombra no pátio, e a piscina estava totalmente imóvel, a não ser por uma oscilação ocasional devido às imensas abelhas pretas e amarelas, de asas enormes, e às libélulas negras, que colidiam com a água, ensandecidas pelo calor intenso.*

No Natal passado, em Palm Springs, eu ficava deitado na cama, nu, e mesmo com o ar-condicionado ligado, o ar gelado soprando sobre mim, e uma tigela de gelo com alguns cubos envoltos numa toalha próxima à cama, eu não conseguia me refrescar. Delírios de dirigir pela cidade e sentir os ventos quentes no meu ombro e acompanhar o calor que se erguia do deserto me deixavam encalorado, e eu me forçava a levantar e descer até o deck, onde ficava a piscina iluminada, no meio da noite, e tentava fumar um baseado, porém mal conseguia respirar. Fumava de qualquer maneira, só para sentir sono. Eu só podia permanecer um pouco do lado de fora. Começavam a acender luzes e fazer ruídos inusitados na casa ao lado, e eu subia para o meu quarto, trancava a porta e acabava adormecendo.

Quando acordei certa tarde, desci, e meu avô me contou que tinha ouvido umas coisas esquisitas durante a noite e quando perguntei o que era, respondeu que não seria capaz de precisar bem e então deixou de se importar com o fato e afirmou que devia ter sido fruto de sua imaginação: talvez não fosse nada. O cachorro ladrou toda a noite e quando acordei para fazê-lo calar-se parecia totalmente fora de si, os olhos esbugalhados, bufando, tremendo, mas não cheguei a sair para ver por que latia e me tranquei no quarto, pondo a toalha úmida e gelada sobre meus olhos. No dia seguinte, à beira da piscina, havia um maço de cigarros vazios. Lucky Strike. Ninguém fumava essa marca de cigarro na família. No dia seguinte, meu pai mandou que fechaduras novas fossem colocadas em todas as portas e nos portões dos fundos, enquanto minha mãe e minhas irmãs desmontavam a árvore de Natal e eu dormia.

DUAS horas mais tarde, Blair telefona. Diz que no novo número de *People* há uma foto sua e do pai numa *première.* Diz também que está embriagada sozinha em casa e que sua família está fora, em alguma sala de projeção, assistindo a algum copião do novo filme de seu pai. E diz, também, que está nua e na cama e que sente a minha falta. Começo a caminhar pelo quarto, nervoso, enquanto a ouço falar. Depois miro-me no espelho do armário. Vejo a caixa de sapatos no canto do armário e examino seu conteúdo, enquanto estou ao telefone com Blair. Há várias fotografias dentro da caixa: uma foto minha e de Blair no Baile de Formatura; uma nossa na Disneylândia na Noite dos Formandos; algumas nossas na praia em Monterey; e algumas outras de uma festa em Palm Springs; uma foto de Blair em Westwood que eu tirei no dia que nós dois saímos cedo da escola, com as suas iniciais no verso da foto. Encontro, também, esta minha foto, de jeans e sem camisa e descalço, deitado no chão, de óculos escuros, cabelo molhado, e procuro lembrar quem a tirou e não consigo. Desamasso a foto e tento me observar. Penso nela um pouco mais e a guardo. Há outras fotografias na caixa, contudo não vou ser capaz de olhar para elas, velhos instantâneos meus e de Blair, e coloco a caixa de sapatos de volta no armário.

Acendo um cigarro e ligo a MTV, abaixando o som. Uma hora se passa, Blair continua falando, dizendo que ainda gosta de mim e que nós devemos nos encontrar outra vez e que não estarmos nos vendo por quatro ou cinco meses não justifica terminarmos nossa relação. Digo-lhe que já nos encontramos, menciono a noite de ontem. Ela diz: "eu sei do que você está falando", e começo a sentir pavor de ficar sentado no quarto, ouvindo-a falar. Olho para o relógio. São quase três horas. Digo que não lembro como era nosso relacionamento e tento dirigir a conversa para outros assuntos, como filmes ou shows ou o que ela tem feito o dia inteiro, ou o que andei fazendo essa noite. Quando deixo o telefone, após falar com ela, já está quase amanhecendo. Dia de Natal.

Manhã de Natal e estou doidão devido ao pó, e uma de minhas irmãs me deu uma agenda encadernada em couro, bem cara, com páginas grandes e brancas e datas impressas elegantemente ao alto das folhas, em filigranas douradas e prateadas. Agradeço-lhe e a beijo, todas essas coisas que se costuma fazer, e ela sorri e se serve de outra taça de champanhe. Tentei manter uma agenda durante um verão, mas não deu certo. Ficava confuso e anotava as coisas à toa e cheguei à conclusão de que eu não tinha atividades o suficiente para manter uma agenda. Sei que não vou usar esta e, provavelmente, vou levá-la comigo para New Hampshire e ela vai ficar jogada na minha escrivaninha por três ou quatro meses, sem ser usada, em branco. Minha mãe nos observa, sentada no sofá da sala, tomando champanhe. Minhas irmãs abrem os presentes displicentemente, indiferentes. Meu pai parece elegante e firme e está preenchendo cheques para mim e minhas irmãs, e eu me pergunto por que ele não preencheu todos antes, mas esqueço e olho pela janela, para o vento quente soprando pelo terreno. A água ondula na piscina.

É UMA sexta-feira quente, de muito sol, logo depois do Natal, e, tendo me decidido a aperfeiçoar meu bronzeado, vou com um grupo, Blair e Alana e Kim e Rip e Griffin, ao clube da praia. Chego antes dos outros e espero por eles, fitando a extensão de areia que encontra a água, onde a terra termina. Desapareça aqui. Fico observando o mar até Griffin chegar em seu Porsche. Griffin conhece o manobrista e eles conversam por alguns minutos. Rip aparece logo no seu Mercedes novo e também parece conhecer o manobrista e, quando o apresento a Griffin, eles começam a rir e dizem que já se conhecem, e imagino se já transaram e fico um pouco tonto e tenho que me sentar no banco. Alana e Kim e Blair chegam num Cadillac conversível.

– Acabamos de almoçar no Country Clube – diz Blair, abaixando o volume do rádio. – Kim se perdeu.

– Eu não – defende-se Kim.

– E ela não acreditava que eu me lembrava onde era e tivemos que parar num posto para perguntar e Kim pediu ao rapaz que trabalha lá o número do telefone dele.

– Ele era incrível! – exclama Kim.

– E daí? Trabalha com gasolina – Blair estrila, saindo do carro, com um visual ótimo num maiô inteiro. – Está preparado para essa? O nome dele é Moose.*

– Não me importa o nome. Ele é esplêndido – Kim repete.

Na praia, Griffin tem um cuba-libre contrabandeado e o bebemos todo. Rip praticamente tira a sunga para expor seu bronzeado. Não passo bronzeador suficiente nas minhas pernas ou peito. Alana trouxe um toca-fitas portátil e ficou pondo para tocar a mesma música do INXS, repetidamente; a conversa gira em tomo do novo disco do Psychedelic Furs; Blair conta a todos que Muriel acabou de sair do Cedars-Sinai; Alana comenta que telefonou para Julian para convidá-lo, mas não havia ninguém em casa. Eventualmente, todos param de falar e se concentram no que resta do sol. Uma música do Blondie começa a tocar, e Blair e Kim pedem a Alana para aumentar o volume. Griffin e eu levantamos para ir ao vestiário. Deborah Harry está perguntando: "*Where is my wave?*".

– O que há? – Griffin indaga, se admirando no espelho assim que entramos no banheiro masculino.

– Estou tenso, apenas – digo, jogando água no rosto.

– Tudo vai ficar bem.

E ali, de volta à praia, sob o sol, fitando o Pacífico, parece ser realmente possível crer em Griffin. Mas fico muito queimado pelo sol e, quando paro no Gelson's para comprar uns cigarros e uma garrafa de Perrier, encontro uma lagartixa no banco da frente. O caixa está falando de estatísticas de assassinatos e por algum motivo olha para mim e pergunta se estou me sentindo bem. Não digo nada, só saio do supermercado dando rápidas passadas. Quando chego em casa,

* "Moose" significa "alce", gíria para paspalhão. (N.T.)

tomo um banho, ligo o som e essa noite não consigo dormir; a ardência no corpo é desconfortável, e a MTV me provoca dor de cabeça e tomo um pouco do Nembutal que Griffin me passou no estacionamento do clube da praia.

Acordo tarde na manhã seguinte com o estrondo de Duran Duran vindo do quarto de minha mãe. A porta está aberta e minhas irmãs estão deitadas na cama larga, de biquíni, folheando exemplares velhos de *GQ*, assistindo a um filme pornográfico no Betamax sem som. Sento-me na cama, também em traje de banho, e elas me informam que mamãe saiu para almoçar e que a empregada foi fazer compras, e vejo o filme por dez minutos, intrigado sobre a quem pertence: minha mãe? Irmãs? Presente de Natal de um amigo? O dono da Ferrari? Meu? Uma das minhas irmãs diz que detesta quando focalizam o homem ejaculando, e desço, vou para a piscina, dou umas braçadas.

Quando eu tinha quinze anos e começava a aprender a dirigir, em Palm Springs, eu pegava o carro do meu pai enquanto ele e mamãe dormiam, e minhas irmãs e eu andávamos pelo deserto no meio da noite, Fleetwood Mac ou Eagles tocando alto, capota abaixada, vento quente soprando, fazendo vergar as palmeiras, em silêncio. E, numa noite, minhas irmãs e eu tomamos o carro, noite sem lua e de vento forte, e alguém tinha acabado de trazer-me para casa vindo de uma festa que não fora muito divertida. O McDonald's aonde íamos estava fechado devido à falta de energia provocada pelos ventos, e eu estava cansado e minhas irmãs brigando, e eu voltava para casa quando vi o que acreditei ser uma fogueira alguns metros adiante na estrada, e ao me aproximar vi que era uma Toyota parada de modo estranho, torta, o capô do motor aberto, labaredas brotando. O vidro da frente estava estilhaçado e havia uma mulher mexicana sentada no acostamento, do lado da estrada, chorando. Havia também dois garotos mexicanos em pé atrás dela, fitando o fogo, os olhos esbugalhados diante das chamas recrudescentes, e eu me perguntava por que razão outros carros não tinham parado para prestar socorro. Minhas irmãs deixaram de brigar e pediram para eu parar o carro, de modo que pudessem assistir ao que acontecia. Tive o impulso de fazê-lo, mas não o fiz. Diminuí a velocidade e em seguida acelerei rapidamente e empurrei de volta a fita que minhas irmãs tinham desligado quando viram as chamas e aumentei o volume, bem alto, e ultrapassei direto todos os sinais fechados até chegar em casa.

Não sei por que o fogo me perturbou, mas o fato é que o fez, e tive visões de uma criança, ainda viva, deitada sobre as chamas, ardendo. Talvez algum garoto, atirado através do vidro da frente e estirado sobre o motor, e perguntei a minhas irmãs se elas se lembravam de terem visto uma criança queimando, derretendo, em cima do motor, e disseram que não, "você viu? Que barato", e conferi os jornais no dia seguinte para me certificar de que não havia criança nenhuma no carro. E mais tarde, na noite daquele mesmo dia, sentei-me ao lado da piscina, pensando a respeito disso até que afinal adormeci, mas só depois que o fornecimento de energia foi interrompido, em virtude do vento, e a piscina ficou escura.

Lembro-me que foi naquela época que comecei a colecionar todos esses recortes de jornais; um sobre um garoto de doze anos que matara o irmão na China com um tiro acidental; outro sobre um sujeito na Índia que pregara o filho numa parede, ou numa porta, não me recordo bem, e depois o matara, atirando no rosto à queima-roupa, e um outro sobre um incêndio num asilo de velhos que matara vinte pessoas, e um sobre uma dona de casa que, ao trazer os filhos da escola de carro, despencara de um barranco de trinta metros perto de San Diego, causando a sua morte e a dos três filhos, instantaneamente; e outro sobre um homem que, calma e resolutamente, atropelara sua ex-esposa em algum lugar perto do Reno, deixando-a paralítica do pescoço para baixo. Colecionei vários recortes durante aquele tempo porque, imagino, havia muitos dignos de serem colecionados.

É SÁBADO à noite e, em algumas noites de sábado, quando não há nenhuma festa para ir e nenhum show na cidade e todos os filmes já foram vistos, a maioria das pessoas fica em casa e convida os amigos e fala ao telefone. Às vezes, alguém passa em minha casa, conversa e toma uma bebida e volta ao carro e segue para outra. Aos sábados há sempre três ou quatro pessoas que se dirigem de uma casa a outra. Ficam circulando das dez da noite até pouco antes do amanhecer do dia seguinte. Trent passa por minha casa e conta como "um bando de cocotinhas histéricas" em Bel Air viu algum tipo de monstro, papo de lobisomem. Uma de suas amigas está supostamente desaparecida. Uma expedição de busca foi montada em Bel Air esta noite e nada encontraram, a não ser – e agora Trent sorri – o corpo de um cão mutilado. As cocotinhas, que Trent diz estarem "realmente fora de órbita", foram passar a noite na casa de um amigo em Encino. Trent diz que as cocotas devem ter bebido muito refrigerante dietético, tiveram algum tipo de reação alérgica. "Pode ser", digo, mas a história me deixa inquieto. Depois que Trent se retira, tento me comunicar com Julian, mas não há resposta e fico imaginando onde ele possa estar e, após desligar o telefone, tenho quase certeza de ter ouvido alguém gritar na casa ao lado, abaixo do cânion, e fecho minha janela. Posso ouvir o cachorro ladrando nos fundos e KROQ tocando velhas músicas dos Doors e *Guerra dos mundos* passa no canal 13 e mudo de canal, para um programa religioso em que o pastor está gritando: "Permita que Deus o use. Deus quer usá-lo. Descanse e deixe-o usá-lo, usá-lo". "Descanse", ele entoa. "Usá-lo, usá-lo." Estou na cama tomando gim com gelo derretido e acho que estou ouvindo alguém arrombar a casa. Mas Daniel diz, pelo telefone, que devem ser minhas irmãs pegando algo para beber. É difícil acreditar em Daniel nesta noite; no noticiário ouvi que quatro pessoas foram espancadas até a morte nas montanhas na noite passada e fico acordado por um longo tempo, olhando pela janela, observando o terreno, procurando lobisomens.

NA NOVA casa de Kim, nos morros que se elevam acima de Sunset, os portões estão abertos, mas não há tantos carros ao redor. Blair e eu caminhamos até a entrada e tocamos a campainha, e a demora é grande até virem nos atender. Kim finalmente abre a porta, vestindo um jeans justo desbotado, botas pretas de cano alto, camiseta branca, fumando um baseado. Dá um trago antes de abraçar-nos e desejar: "feliz Ano-Novo", e nos encaminha a um saguão de teto alto e diz que se mudou há apenas três dias e que "Mamãe está na Inglaterra com Milo" e que não tiveram tempo para mobiliar a casa ainda. Mas os assoalhos estão acarpetados, ela nos assegura, e diz que isso é ótimo e não lhe pergunto por que pensa dessa forma. Conta que a casa é bem antiga, que o dono anterior era um nazista. Nos pátios, há vasos imensos com suásticas pintadas, e, dentro, pequenas árvores. "São chamados de nazivasos", Kim diz.

Seguimos Kim até o andar inferior, onde se encontram apenas doze ou treze pessoas. Kim diz que Fear deve tocar essa noite. Apresenta-nos a Spit, que é amigo do baterista. A pele dele é pálida, mais pálida que a de Muriel, o cabelo curto oleoso e tem um brinco de caveira e olheiras pintadas sob os olhos, mas está irritado e, depois de nos dar um "alô", diz a Kim que ela tem que fazer alguma coisa a respeito de Muriel.

– Por quê? – indaga Kim, aspirando o baseado.

– Porque a putinha disse que eu pareço estar morto – diz Spit, os olhos esbugalhados.

– Ora, Spit – diz Kim.

– Ela diz que eu cheiro a bicho morto.

– Vamos, Spit, esqueça isso.

– Você sabe que não guardo mais animais mortos no meu quarto. – Olha para Muriel, que está no final do bar, rindo, segurando um copo de ponche.

– Ah, ela é fantástica, Spit – Kim diz. – O problema é que ela está tomando sessenta miligramas de lítio por dia. Está apenas cansada – Kim vira-se para nós. – A mãe dela acaba de comprar-lhe um Porsche de cinquenta e cinco mil dólares. – E de volta para Spit: – Dá para acreditar?

Spit diz que não e que vai tentar se esquecer do fato e que vai escolher quais os discos que vão rolar, e Kim responde:

– Vá em frente. – Antes, porém, que ele chegue ao som: – Ouça, Spit, não corta a da Muriel. Fica na tua. Ela acabou de sair do Cedars-Sinai e, uma vez bêbada, vai ficar ótima. Está um pouco desgastada, apenas.

Spit ignora o papo e mostra um disco velho de Oingo Boingo.

– Posso pôr isso para tocar ou não?

– Por que não guarda esse para depois?

– Olha, Kim-ber-ly, estou ficando farto – diz, rangendo os dentes.

Kim tira um baseado do bolso traseiro e entrega a ele.

– Fique frio, Spit.

Spit agradece e senta no sofá perto da lareira, onde há uma imensa réplica da bandeira americana pendurada, e observa o baseado por um longo período antes de acendê-lo.

– Puxa, vocês dois estão com umas caras ótimas – diz Kim.

– Você também – Blair responde.

Concordo balançando a cabeça. Estou com sono e um pouco alto e, no fundo, não queria vir, mas Blair chegou à minha casa mais cedo, e fomos nadar e depois para a cama, e Kim telefonou.

– Alana vem? – Blair pergunta.

– Não, não vai poder. – Kim sacode a cabeça, tragando de novo o baseado. – Vai a Springs.

– E Julian? – indaga Blair.

– Negativo. Está ocupado demais transando com advogados de Beverly Hills por dinheiro – Kim suspira e ri em seguida.

Quando vou lhe perguntar o que ela quis dizer com tal comentário, alguém chama por seu nome e ela diz:

– Merda, chegou o homem da bebida – e sai, e fico olhando para além da piscina olímpica iluminada, para Hollywood; uma manta de luzes sob um céu púrpura de neon, e Blair pergunta se estou bem e digo: "claro".

Um rapaz jovem, de dezoito, dezenove anos, entra com uma grande caixa de cartolina e a deposita sobre o balcão do bar, e Kim assina um papel e lhe dá uma gorjeta, e ele deseja "Feliz Ano-Novo, cambada", e sai. Kim tira uma garrafa de champanhe da caixa, abre com destreza e grita: "Cada um pegue uma garrafa. É Perrier-Jouet. Está gelada".

– Você me convenceu, sua rata – Muriel corre e abraça Kim, e Kim cede-lhe uma garrafa.

– Spit está puto comigo, ou coisa assim? Só falei que ele parecia morto – diz Muriel, abrindo sua garrafa. – Olá, Blair, alô, Clay.

– Ele só está desconfiado – diz Kim. – Maus ventos ou coisa parecida.

– É um retardado. Contou-me: "Bem, eu estava indo satisfatoriamente na escola até que fui expulso". Hein? O que esta porra quer dizer? Além do mais, o idiota esquenta a cocaína com um maçarico.

Kim encolhe os ombros com indiferença e toma mais champanhe.

– Muriel, você está esplêndida! – Blair diz.

– Ah, Blair, e você deslumbrante, como sempre – diz Muriel, tomando mais champanhe. – E, meu Deus, Clay, você tem que me dar esse colete.

Olho para baixo enquanto abro minha garrafa. O colete é apenas estampado com losangos cinza e brancos e um dos triângulos num tom vermelho-escuro.

– Parece que você foi esfaqueado ou coisa assim. Por favor, deixe-me usá-lo – Muriel implora, agarrada ao colete.

Sorrio e olho para ela e percebo que está falando realmente a sério e, como estou cansado demais para negar, tiro e lhe entrego o colete, que ela veste, rindo.

– Eu o devolvo a você, eu o devolvo, não se preocupe.

Um fotógrafo extremamente irritante está presente e fica tirando retratos de todos. Aproxima-se de alguém e lhe põe a câmera no rosto e tira duas ou três chapas, chega-se a mim e o flash me ofusca por um segundo e tomo outro trago da garrafa de champanhe. Kim põe-se a acender velas por todo o quarto e Spit coloca um disco do X e alguém passa a pendurar balões numa das paredes nuas, e os balões, com ar apenas pela metade, ficam murchos quando pendurados. A porta que dá para a varanda e a piscina está aberta e nela há, também, alguns balões pendurados, e caminhamos para fora, para perto da piscina.

– O que sua mãe tem feito? – Blair pergunta. – Continua saindo com Tom?

– Onde ouviu isso? No *Inquirer?* – Kim ri.

– Não, eu os vi numa fotografia, no *Hollywood Reporter.*

– Ela está na Inglaterra com Milo, já lhe disse – Kim diz, quando nos aproximamos da água iluminada. – Pelo menos foi o que li no *Variety.*

– E você? – Blair pergunta, começando a sorrir. Com quem tem saído?

– *Moi?* – Kim ri e menciona um jovem ator, famoso, que acho que foi nosso colega de escola; não me recordo com precisão.

– É, ouvi falar. Só gostaria que você confirmasse.

– É verdade.

– Ele não estava na sua festa de Natal – afirma Blair.

– Não estava? – Kim aparenta preocupação. – Tem certeza?

– Não estava. Você o viu, Clay?

– Não, não o vi – digo, sem me lembrar.

– Que estranho. Devia estar filmando em alguma locação.

– Como ele é?

– É ótimo, realmente ótimo.

– E Dimitri?

– Ah, o que tem ele?

– Ele sabe?

– Deve saber. Não tenho certeza.

– Acha que está chateado?

– Olha, Jeff é um passatempo. Gosto de Dimitri.

Dimitri está sentado numa espreguiçadeira ao lado da piscina tocando violão, é bastante bronzeado e tem cabelo louro curto e permanece sentado o tempo todo, executando esses acordes estranhos, lúgubres, e põe-se a repetir a mesma marcação, insistentemente, e Kim apenas o observa e nada diz. O telefone soa de dentro da casa e Muriel grita, abanando as mãos: "É para Kim".

Kim entra e vou perguntar a Blair se ela quer ir embora, mas Spit, ainda fumando o baseado, se dirige, acompanhado de um surfista, até Dimitri e diz: "Heston tem um ácido ótimo", e o surfista acompanhado de Spit olha para Blair e lhe dá uma piscada, e ela me dá um tapinha nas nádegas e acende um cigarro. "Onde está Kim?", Spit indaga, quando não obtém resposta de Dimitri, que continua olhando para a piscina, tocando o violão. Ele olha para os quatro em pé à sua volta e por um instante parece que vai dizer alguma coisa. Mas não, apenas suspira e volta o olhar para a água.

Chega uma jovem atriz com um produtor famoso, que encontrei uma vez numa das festas do pai de Blair, e examinam o recinto e procuram Kim, que acabou de sair do telefone, e ela comenta que sua mãe está na Inglaterra com Milo, e o produtor diz que a última notícia de que ele tem conhecimento é a de que ela estava no Havaí e mencionam que talvez Thomas Noguchi passe pela festa, e então a atriz e o produtor se retiram e Kim vem para onde Blair e eu estamos e diz que era Jeff ao telefone.

– O que ele disse? – Blair pergunta.

– É um filho da puta. Está em Malibu entocado com algum surfista, na casa dele.

– O que ele queria?

– Desejar-me um feliz Ano-Novo.

Kim parece perturbada.

– Puxa, que bom – Blair tenta animá-la.

– Ele disse: "Tenha um feliz Ano-Novo, cara de boceta" – ela diz, e acende um cigarro, a garrafa de champanhe que segura ao seu lado quase vazia. Está prestes a chorar ou a falar mais alguma coisa quando chega Spit anunciando que Muriel está trancada no quarto de Kim, e Kim, Spit, Blair e eu entramos, subimos, atravessamos um corredor até a porta do quarto de Kim, e Kim tenta abri-la, mas está trancada.

– Muriel! – ela grita, batendo. Ninguém responde.

Spit esmurra a porta, depois dá-lhe um chute.

– Não foda a porta, Spit – Kim diz, depois grita: – Muriel, saia daí!

Olho para Blair, que demonstra preocupação.

– Você acha que ela está bem?

– Não sei – Kim diz.

– O que ela está consumindo? – Spit procura saber.

– Muriel? – Kim chama novamente.

Spit acende outro baseado, encosta na parede. O fotógrafo passa e tira retratos de todos. A porta se abre lentamente e Muriel está ali parada e parece que andou chorando. Permite que Spit, Kim, Blair, o fotógrafo e eu entremos no quarto e fecha a porta, trancando-a.

– Está tudo bem? – Kim pergunta.

– Estou ótima – ela diz, enxugando o rosto.

O quarto está escuro com exceção da luz emitida por duas velas a um canto, e Muriel se senta no chão próximo a uma das velas, ao lado de uma colher e uma seringa e um pedaço de papel dobrado com um pó amarronzado e uma mecha de algodão. Já há algo na colher e Muriel aperta a mecha de algodão numa extremidade tão pequena quanto possível, coloca na colher e espeta a agulha no algodão, puxando o cabo da seringa. Ela arregaça a manga, procura um cinto na escuridão, acha-o e aperta o braço com o cinto. Vejo as marcas das picadas, olho para Blair, que tem os olhos fixos no braço de Muriel.

– O que está acontecendo aqui? – Kim pergunta. – Muriel, o que está fazendo?

Muriel não diz nada, apenas bate várias vezes no braço para achar uma veia e observo meu colete e fico estarrecido ao ver que parece mesmo que alguém foi esfaqueado, ou coisa semelhante.

Muriel pega a seringa e Kim sussurra: "Não faça isso", mas seus lábios tremem e ela parece excitada e posso perceber nela o início de um sorriso e tenho a impressão de que não fala a sério e, enquanto a agulha espeta o braço de Muriel, Blair se levanta e diz: "Vou embora" e sai do quarto. Muriel fecha os olhos e a seringa vai se enchendo lentamente de sangue.

Spit diz:

– Puxa, cara, isso é bárbaro.

O fotógrafo bate uma foto.

Minhas mãos estão trêmulas, enquanto acendo um cigarro.

Muriel começa a chorar, e Kim afaga sua cabeça, mas Muriel continua chorando e salivando em cima de tudo, mais parecendo que está rindo, e seu batom está borrado por sobre os lábios e o nariz, e seu rímel está escorrendo pelas faces.

À meia-noite, Spit tenta soltar alguns foguetes, mas só dois disparam. Kim abraça Dimitri, que não parece perceber nem se importar, pois deixa o violão cair a seu lado e fica fitando o interior da piscina, e uns onze ou doze de nós permanecemos em pé à beira da piscina, enquanto abaixam o som para ouvirmos o barulho da cidade comemorando, mas não há tanto que se ouvir, e continuo olhando para dentro da sala, onde Muriel está deitada num sofá, fumando um cigarro, de óculos escuros, assistindo à MTV. As únicas coisas que ouvimos são janelas sendo quebradas para além das montanhas e cachorros se pondo a latir, e um balão estoura, Spit deixa cair uma garrafa de champanhe, e a bandeira americana pendurada como uma cortina acima da lareira tremula com a brisa morna, e Kim se levanta e acende outro baseado. Blair me sussurra "feliz Ano-Novo" e descalça os sapatos e introduz os pés na água morna, iluminada. Fear nunca chega, e a festa termina cedo.

Em casa, naquela noite, em uma hora qualquer da madrugada, estou sentado no meu quarto assistindo a programas religiosos na TV a cabo, pois estou farto de ver vídeos, e os dois sujeitos, padres, pastores provavelmente, que estão na tela, ambos com cerca de quarenta, talvez quarenta e cinco anos, terno e gravata, óculos de sol tingidos de rosa, falam de discos do Led Zeppelin, explicando que, se são tocados de trás para frente, "possuem passagens alarmantes a respeito do demônio". Um dos sujeitos se põe de pé e quebra o disco, parte-o ao meio, e diz: "Podem acreditar em mim: como cristãos tementes a Deus, não permitiremos isto!". O homem, então, começa a falar sobre como tem se inquietado com os danos que esse tipo de coisa pode causar aos jovens. "E os jovens são o futuro desta nação!", grita, e quebra outro disco.

– JULIAN quer ver você – Rip diz ao telefone.

– A mim?

– É.

– Ele disse por quê?

– Não. Não tinha o seu número de telefone e o queria e, então, lhe dei.

– Não tinha meu número?

– Foi o que ele disse.

– Acho que ele não me telefonou.

– Disse que precisava falar com você. Ouça, não gosto de transmitir recados, rapaz, portanto, agradeça.

– Obrigado.

– Disse que vai estar no Chinese Theater hoje às três e meia. Pode se encontrar com ele lá, imagino.

– O que ele vai estar fazendo lá?

– O que você acha?

DECIDO ir me encontrar com Julian. Vou ao Chinese Theater no Hollywood Boulevard e observo as pegadas por um curto espaço de tempo. Com exceção de um casal jovem, que não é de Los Angeles, e do oriental suspeito parado ao lado da bilheteria, não há ninguém ao redor. O lanterninha louro e bronzeado na porta fala comigo:

– Ei, eu conheço você. Dois anos atrás, numa festa em Santa Mônica, certo?

– Acho que não.

– É sim. Rolou um ácido. Lembra?

Digo que não e indago se o balcão de balas está aberto. O lanterninha diz que está e me deixa entrar e compro uma Coca-Cola.

– Mas o filme já começou – ele diz.

– Tudo bem. Não quero ver o filme.

O oriental suspeito fica olhando para o relógio, e acaba por ir embora. Termino o refrigerante e espero até às quatro horas. Julian não aparece.

Vou à casa de Trent, mas ele não está e então o espero no seu quarto e coloco um filme no Betamax e telefono para Blair e pergunto se ela quer fazer algo esta noite, ir a uma boate ou assistir a um filme, e ela aceita e passo a rabiscar um pedaço de papel ao lado do aparelho, recopiando números de telefone.

– Julian quer vê-lo – Blair conta.

– É, ouvi falar. Ele explicou por quê?

– Não sei o motivo. Só disse que tem que falar com você.

– Você tem o número do telefone dele?

– Não. Mudaram todos os números residenciais em Bel Air. Acho que ele talvez esteja na casa de Malibu. Mas não tenho certeza, entretanto... Isso importa? É provável que não queira vê-lo tanto assim.

– Bem – principio –, acho que vou passar na casa de Bel Air.

– Está bem.

– Se quiser fazer alguma coisa esta noite, me telefone, certo?

– Certo.

Um longo silêncio se abate e ela concorda de novo e desliga.

Julian não está na casa de Bel Air, mas há um bilhete na porta informando que ele pode estar numa determinada casa em King's Road. Porém, Julian também não está lá, só um sujeito de calção e cabelo curto platinado e aparelho nos dentes que levanta pesos nos fundos. Põe um dos halteres no chão e acende um cigarro e pergunta se aceito um Mandrix. Indago sobre o paradeiro de Julian. Há uma mulher deitada ao lado da piscina numa espreguiçadeira, loura, embriagada, que diz numa voz extenuada: "Ah, Julian pode estar em qualquer parte. Ele lhe deve dinheiro?". A mulher trouxe uma televisão para fora e está vendo um filme sobre homens pré-históricos.

– Não! – digo.

– Bem, isso é bom. Ele me prometeu pagar por um grama de pó que eu lhe consegui. – Sacode a cabeça. – Não. Não prometeu. – Sacode a cabeça outra vez, devagar, a voz pastosa, uma garrafa de gim, pela metade, ao lado.

O halterofilista, com os pesos, pergunta se estou interessado em comprar um vídeo pirata do *Indiana Jones.* Respondo que não e lhe peço para dizer a Julian que passei por aqui. O halterofilista balança a cabeça como quem não entende e a mulher pergunta se ele conseguiu as credenciais para os camarins do show do Missing Persons. Ele diz: "Claro, baby", e ela mergulha na piscina. Um homem das cavernas é atirado do alto de um precipício e eu me retiro.

VOLTANDO ao carro, choco-me com Julian. Está mais pálido do que bronzeado e não tem uma aparência muito boa, dá a impressão de que vai perder os sentidos, ali em pé, com uma cara de moribundo, mas a boca se move e ele diz:

– Olá, Clay.

– Olá, Julian.

– Quer tomar uns tragos?

– Agora não.

– Ainda bem que você apareceu.

– Ouvi dizer que você queria me ver.

– É verdade.

– O que você quer? Qual é o problema?

Julian abaixa os olhos e depois os põe em mim, cerrados contra o sol poente e diz:

– Dinheiro.

– Para quê? – digo, depois de um tempo.

Olha para o chão, passa a mão na nuca e diz:

– Ei, vamos dar um pulo no Galleria, está bem? Vamos lá.

Não tenho vontade de ir ao Galleria nem de dar nenhum dinheiro a Julian, mas é uma tarde de sol e não me resta muito mais a fazer e, então, o sigo até Sherman Oaks.

ESTAMOS sentados a uma mesa do Galleria. Julian está beliscando um cheeseburger, sem, na verdade, comer. Pega um guardanapo e limpa todo o molho de tomate. Estou tomando uma Coca-Cola. Julian diz que precisa de algum dinheiro, alguma quantia na mão.

– Para quê?

– Aceita batata frita?

– Você pode ser mais direto?

– Para uma pessoa fazer um aborto. – Morde o cheeseburger e pego o guardanapo coberto de molho e ponho na mesa atrás da nossa.

– Um aborto?

– É.

– Para quem?

Há uma longa pausa e Julian diz:

– Uma garota.

– É óbvio. Mas quem?

– Ela mora com umas amigas em Westwood. Ouça, você pode me emprestar o dinheiro ou não?

Baixo os olhos para as pessoas passeando no primeiro andar do Galleria e penso no que aconteceria se entornasse a Coca-Cola lá embaixo.

– É – acabo respondendo –, eu acho que sim.

– Uau! Genial – Julian diz, aliviado.

– Você não tem dinheiro?

Julian olha para mim rapidamente e diz:

– Uhn, agora não. Vou ter, mas então pode ser tarde demais, entendeu? E não quero ter que vender o Porsche. Ia ser péssimo, sabe? – Fica um tempo calado, manuseando o sanduíche. – Só por causa de um aborto? – Tenta rir.

Digo a Julian que estou muito em dúvida se ele teria que vender seu Porsche para pagar um aborto.

– Para o que é na verdade? – pergunto.

– Que conversa é essa? – diz, se colocando na defensiva. – É para um aborto.

– Julian, é muito dinheiro para um aborto.

– Bem, o médico é careiro – diz devagar, sem convicção. – Ela não quer ir a uma dessas clínicas ou um lugar semelhante. Não sei por quê. Ela não quer.

Suspiro e afundo na cadeira.

– Juro por Deus, Clay, é para um aborto.

– Julian, acabe com isso.

– Tenho cartões de crédito e uma conta no banco, mas acho que meus pais bloquearam tudo. Só preciso de algum dinheiro. Vai me dar ou não?

– Está bem, Julian, vou, mas quero que você me conte para o que é.

– Já lhe contei.

Levantamos e começamos a andar. Duas garotas passam e sorriem. Julian retribui o sorriso. Paramos numa boutique punk e Julian pega um par de botas de policiais e as examina com atenção.

– Têm um aspecto esquisito – diz. – Gosto delas.

Põe no lugar de volta e se põe a roer as unhas. Pega um cinto preto de couro e o observa minuciosamente. E, então, me recordo de Julian na quinta série jogando bola comigo depois da aula e de Trent e nós dois indo para o parque Magic Mountain no dia após o aniversário de onze anos de Julian.

– Você lembra quando estávamos na quinta série? – pergunto. – Na quadra, depois da aula?

– Não consigo.

Segura outro cinto de couro, recoloca-o onde estava e ambos deixamos o Galleria.

Naquela tarde, depois que Julian me pediu o dinheiro e para deixá-lo dois dias mais tarde em sua residência, chego em casa e o telefone toca, e é Rip, que pergunta se eu entrei em contato com Julian. Respondo que não, e ele indaga se preciso de alguma coisa. Digo que preciso de cinco gramas. Cala-se por um longo tempo e, então, diz: "Seiscentos". Olho para o pôster de Elvis Costello e, em seguida, pela janela, e conto até sessenta. Quando termino de contar, Rip ainda não disse nada.

– Está certo? – pergunto.

Rip diz:

– Está. Amanhã. Talvez.

Levanto-me e vou a uma loja de discos e ando pelas galerias, procuro nas pilhas de discos, mas não encontro nada que eu queira e que ainda não tenha. Pego alguns dos discos novos e fico observando as capas e, antes que eu perceba, mais de uma hora já se passou e está quase escuro do lado de fora.

Spit entra na loja e quase o atropelo, digo "alô", pergunto por Kim, mas vejo marcas de picadas em seu braço e saio da loja, me perguntando, afinal, se Spit lembra de mim. Ao caminhar até o carro, vejo Alana e Kim e um louro roqueiro chamado Benjamin vindo em minha direção. É tarde demais para recuar, e sorrio e ando ao seu encontro e os quatro vamos parar num sushi-bar em Studio City.

No sushi-bar, em Studio City, Alana não fala muito. Permanece com os olhos pregados em sua Coca-Cola dietética e acendendo cigarros e os apagando depois de alguns tragos. Quando lhe pergunto sobre Blair, olha para mim e diz: "Quer saber mesmo?". E sorri inflexível dizendo: "Parece que você realmente se importa". Deixo-a de lado, algo dopado, e converso com o tal Benjamin, que estuda em Oakwood. Parece que o seu BMW foi roubado e ele desata a falar em como teve a grande sorte de descobrir um BMW

3201 novo em folha no mesmo tom verde-claro daquele que o pai originalmente lhe comprara e me fala: "É isso mesmo, não consigo acreditar que o encontrei. Você acredita?".

– Não, não acredito – respondo, observando Alana.

Kim põe um pedaço de sushi na boca de Benjamin, e ele toma um gole do saquê que obteve com uma identidade falsa e dispara a falar de música:

– New Wave. Power Pop. Muzak Primitivo. Tudo é uma merda. Rockabilly é que é o quente. E não estou falando daqueles Stray Cats que desmunhecam, estou falando de rockabilly de verdade. Vou a Nova York em abril para checar o som rockabilly de lá. Não tenho muita certeza de que está acontecendo lá. Pode estar em Baltimore.

– É. Baltimore – digo.

– É, adoro rockabilly também – diz Kim, limpando as mãos. – Mas ainda me inclino para os Psychedelic Furs e gosto daquela música nova da Human League.

Benjamin decreta:

– Human League está out. Já era. Está acabada. Você nem sabe o que está rolando, Kim.

Kim faz um gesto de quem não está se importando. Eu me pergunto onde anda Dimitri; e se Jeff ainda está entocado com algum surfista em Malibu.

– Não, estou falando sério, você não sabe mesmo – ele continua. – Aposto que você nem lê *The Face.* Tem que entrar nessa. – Acende um cigarro de palha.

– Por que ela tem que entrar nessa? – pergunto.

Benjamin olha para mim, corre os dedos pelo topete e diz:

– Do contrário, é um tédio.

Digo que talvez seja, depois combino com Kim de nos encontrarmos mais tarde, esta noite, em sua casa, com Blair, e vou para a minha e saio para jantar com mamãe. Quando volto do programa, tomo um banho gelado e demorado e me sento no chão do boxe e deixo que a água caia direto sobre a minha cabeça.

VOU à casa de Kim e encontro Blair sentada no quarto da amiga com uma sacola da Jurgenson's na cabeça e, quando entro, seu corpo se retesa por completo, e ela se volta, assustada, e estica o braço e abaixa o som.

– Quem é?

– Sou eu. Clay.

Tira a sacola da cabeça e sorri e conta que estava com soluços. Há um canzarrão aos pés de Blair e me abaixo para afagar a cabeça do animal. Kim sai do banheiro, traga o cigarro que Blair fuma e depois o joga no chão. Aumenta o som de novo, uma música do Prince.

– Puxa, Clay, você parece estar dopado com ácido ou coisa assim – Blair diz, acendendo outro cigarro.

– Acabei de jantar com minha mãe.

O cachorro esmaga o cigarro com a pata e o come.

Kim comenta algo sobre um antigo namorado que apagou totalmente uma vez.

– Tomou ácido e não voltou a si por seis semanas. Os pais o mandaram para a Suíça.

Kim vira-se para Blair, que está observando o cão. Ele engole o resto do cigarro.

– Estou suficientemente despida? – Kim pergunta.

Blair responde afirmativamente e sugere que ela tire o chapéu.

– Devo? – Kim me pergunta, indecisa.

– Claro, por que não? – suspiro e sento em sua cama.

– Ouçam, ainda é cedo. Por que não vamos ao cinema? Kim sugere, olhando-se no espelho, tirando o chapéu.

Blair levanta-se e diz:

– Boa ideia. O que está levando?

O cachorro se engasga e engole de novo.

VAMOS a Westwood. O filme a que Kim e Blair querem assistir começa às dez e é sobre uma turma de belas estudantes de um grêmio que têm os pescoços retalhados e são atiradas numa piscina. Não vejo muito do filme, só as partes horripilantes. Meus olhos ficam vagando fora da tela e indo focalizar os dois avisos luminosos de Saída em verde acima das duas portas nos fundos do cinema. O filme termina de súbito, e Kim e Blair continuam ali para ver os créditos e reconhecem boa parte dos nomes. Na saída, Blair e Kim veem Lene, e Blair agarra meu braço e diz:

– Ah, não!

– Vamos despistar, vamos despistar, Lene está aqui – Kim diz em tom de alarme. – Não diga a ela que a vimos no filme hoje.

– Tarde demais – Blair sorri. – Olá, Lene.

Lene está muito bronzeada e vestida apenas com um jeans desbotado e uma camiseta do Hard Rock Café totalmente transparente, está acompanhada de um rapaz louro bem jovem que também está bronzeado e usando bermuda e óculos escuros; Lene grita:

– Ai, meu Deus, Blair, Kimmy!

Lene e Blair se abraçam e depois Lene e Kim se abraçam e fingem beijar-se no rosto.

– Este é Troy – Lene diz, apresentando o rapaz.

– Este é Clay – Blair diz, pondo a mão em meu ombro.

– Olá, Troy – cumprimento.

– Olá, Clay – ele retribui.

Apertamo-nos as mãos, fraca e tremulamente, e as mulheres parecem satisfeitas.

– Ai, meu Deus, Blair, Troy e eu participamos deste filme de hoje. Você viu? – Lene pergunta.

– Não – diz Blair, fingindo desapontamento, olhando de relance para Kim.

– Você viu? – Lene se dirige a Kim.

Kim abana a cabeça.

– Bem, eu não pude me ver. Na verdade, pensei ter me visto uma vez, mas não tenho muita certeza. Você me viu, Troy?

Troy sacode a cabeça, verifica as unhas.

– Troy apareceu, mas a câmera passou direto por mim e eu dançava com Troy. Ao invés de me focalizarem, fizeram a tomada de uma putinha do Valley dançando próximo a Troy. – Pega um cigarro, procura um isqueiro.

– Pode ser que o reprisem e você vai poder observar com mais atenção – Blair diz, esboçando um sorriso malicioso.

– Ah, sim, vão reprisá-lo na certa – Kim concorda, sorrindo, dando uma olhada em Troy.

– Será? – Lene pergunta esperançosa.

Acendo o seu cigarro.

– Reprisam tudo – Blair diz. – Tudo.

Não conseguimos chegar ao Nowhere Club. Kim se perde e esquece o endereço e seguimos para o Bayney's Beanery, onde nos sentamos em silêncio, e Kim fala de sua festa e eu jogo um pouco de sinuca, e quando Blair pede uma bebida, a garçonete pede a identidade dela e traz o pedido tão logo Blair apresenta um documento falso, e Blair oferece a bebida a Kim, que a vira num trago rápido e diz a Blair para pedir outra. E as duas falam sobre como Lene estava horrorosa no filme de hoje.

TRENT me telefona na noite seguinte e diz que está deprimido; não tem mais pó, não encontra Julian; e está tendo problemas com uma garota.

– Fomos a essa festa nas montanhas ontem à noite... – Trent começa a contar e para.

– É? – pergunto, deitado na cama, olhando para a TV.

– Bem, não sei, acho que ela está transando com outro cara... – Para de novo. – Não estamos nos entendendo. Estou no maior baixo-astral.

Outra longa pausa.

– É? Baixo-astral? – pergunto.

– Vamos ao cinema – Trent diz.

Levo algum tempo para dizer qualquer coisa porque há um vídeo que me chama a atenção na TV sobre prédios explodindo em câmera lenta em preto e branco.

A caminho de Beverly Center, Trent fuma um baseado e comenta que a tal menina mora ali perto e que me pareço um pouco com ela.

– Ótimo – digo.

– As mulheres são foda. Especialmente essa garota. Ela está fodida. Pela cocaína. Por essa droga chamada Preludin, pela anfetamina. Puta que pariu.

Trent puxa outro trago, passa o baseado para mim, e abre a janela e olha o céu.

Estacionamos e atravessamos o Beverly Center vazio, iluminado. Todas as lojas estão fechadas e, enquanto subimos ao último andar, onde ficam os cinemas, a brancura das paredes e dos tetos e dos assoalhos é ofuscante e andamos depressa pelo centro comercial deserto e não vemos ninguém mais até chegarmos aos cinemas. Há algumas pessoas circulando em torno das bilheterias. Compramos nossos ingressos e descemos o corredor até o Cinema 13 e Trent e eu somos os únicos presentes e partilhamos outro baseado dentro do cinema pequeno, côncavo.

Ao sairmos do cinema, após noventa minutos, talvez duas horas, uma menina de cabelo rosa e patins pendurados nos ombros se aproxima de Trent.

– Trent, puxa, que incrível! Esse lugar não é uma loucura? – a menina guincha.

– Ei, Ronnette, o que está fazendo aqui? – Trent está totalmente doidão, dormiu durante a segunda metade do filme.

– Estou dando umas voltas.

– Ei, Ronnette, este é Clay. Clay, Ronnette.

– Alô, Clay – diz, flertando comigo. – Aí, rapazes, que filme vocês viram? – Desembrulha um chiclete Bazooka e o põe na boca.

– Um... número treze – Trent diz, grogue, olhos vermelhos e meio fechados.

– Como se chamava?

– Esqueci – Trent conclui, e olha para mim.

Também esqueci, e só dou de ombros.

– Aí, Trentinho, preciso de uma carona. Veio de carro? – ela pergunta.

– Não, bem, sim. Não, Clay veio.

– Ah, Clay, por favor, me dá uma carona?

– Claro.

– Que bom. Deixe eu pôr isto e vamos.

No meio do centro comercial, um segurança, sentado sozinho num banco, fumando um cigarro, avisa a Ronnette que patins são proibidos no Beverly Center.

– Demais – ela diz, e sai patinando.

O segurança permanece sentado e apenas traga o cigarro, observando enquanto nos afastamos.

No carro, Ronnette nos conta que acabou de gravar um vocal, na verdade backing vocal, no novo disco do Bandarasta.

– Mas não gosto de Bandarasta. Tá sempre me chamando de "Halloween" por algum motivo. Não gosto de ser chamada de "Halloween". Não gosto nem um pouco.

Não indago quem é Bandarasta, mas se ela é cantora.

– Ah, pode-se dizer que sim. Na verdade sou cabeleireira. Sabe, tive mononucleose e deixei a faculdade e fiquei circulando por aí. Eu pinto, também... puta merda! Isto me lembrou. Deixei uma obra minha na casa de Devo. Acho que querem usá-la num vídeo. Mas então... – Ri e, de repente, para de rir e faz uma bola com o chiclete e estala. – O que me perguntou? Esqueci.

Reparo que Trent está dormindo e dou-lhe uma cutucada na barriga.

– Estou alerta, garotão, estou alerta. – Senta-se ereto e abre a janela.

– Cla-ay – Ronnette insiste. – O que você me perguntou? Eu esqueci.

– O que você faz? – pergunto, irritado, tentando ficar acordado.

– Ah, corto o cabelo de muita gente no Flip. Ah, aumente esse volume. Adoro essa música. Eles vão se apresentar no Palace na sexta.

– Trent, acorda, bundão! – grito mais alto que a música.

– Estou alerta, garotão, estou alerta. Só os olhos cansados.

– Abra-os! – grito.

Ele os abre e examina o carro.

– Bonito o cabelo – fala com Ronnette.

– Eu mesma fiz. Tive um sonho, sabe, em que via o mundo inteiro se desvanecer. Estava em pé em La Cienega e de lá podia ver o mundo inteiro, que se desvanecia e foi tão forte e real. E, então, pensei: "Bem, se esse sonho pode se realizar, como posso evitá-lo", sabe?

Fico balançando a cabeça afirmativamente.

– Como posso mudar as coisas, entende? Daí pensei que, se eu, por exemplo, furasse a orelha ou coisa parecida, alterasse minha imagem, pintasse o cabelo, o mundo não iria se desvanecer. Pintei então o cabelo e este rosa ficou até hoje. Gosto. Dura. Não acho que o mundo vá se desvanecer mais.

Não confio pelo tom de voz e não posso acreditar que esteja concordando com a cabeça, mas paro o carro no Danny's Okie Dog em Santa Mônica, e ela tropeça ao descer do banco traseiro do Mercedes e se esborracha na calçada e permanece ali rindo, enquanto vou embora. Pergunto a Trent onde conheceu a figura. Passamos pelo outdoor na Sunset. "Desapareça aqui." Será que ele estaria à venda?

– Talvez – ele diz. – Quer um baseado?

No dia seguinte passo na casa de Julian em Bel Air com o dinheiro dentro de um envelope verde. Ele está deitado na cama com uma sunga molhada assistindo à MTV. O quarto está escuro, a única luz vem das imagens em preto e branco da televisão.

– Eu trouxe o dinheiro – digo.

– Que bom – diz.

Chego perto da cama, sobre a qual ponho o dinheiro.

– Não é necessário contar. Está tudo aí.

– Obrigado, Clay.

– Para o que é realmente, Julian?

Julian assiste ao vídeo até acabar e esconde o rosto e indaga:

– Por quê?

– Porque é muito dinheiro.

– Então, por que me deu? – pergunta, passando a mão sobre o peito moreno e suave.

– Porque você é meu amigo? – Soa como uma pergunta. Olho para o chão.

– Certo – Julian diz, os olhos voltando para o aparelho.

Pinta outro vídeo.

Julian adormece.

Eu saio.

Rip me telefona dizendo que seria ótimo se nos encontrássemos no La Scala Boutique, para comer algo, um pouco de salada mista, falar um pouco sobre negócios. Vou ao La Scala e encontro uma vaga nos fundos e continuo ali sentado, ouvindo o resto de uma música no rádio. Um casal atrás de mim dentro de um Jaguar azul-marinho pensa que estou de saída, mas não aceno para seguirem em frente. Aguardo um pouco mais, e o casal do Jaguar, afinal, buzina e se vai. Deixo o carro e entro no restaurante e sento no bar e peço um copo de vinho tinto. Quando termino, peço outro e, até Rip chegar, chego a tomar três copos.

– Aí, carinha, como vai?

Olho para o copo.

– Trouxe?

– Aí, carinha. – O tom se modifica. – Perguntei-lhe como vai. Vai responder, ou qual é?

– Estou bem, Rip. Bem mesmo.

– Extraordinário, justo o que eu queria ouvir. Termine o vinho e pegamos a mesa, está bem?

– Tá.

– Você está com uma boa aparência.

– Obrigado – digo, e acabo o vinho e deixo uma nota de dez no balcão.

– Bronzeado esplêndido – ele diz quando sentamos.

– Trouxe?

– Calma... – Rip diz, inspecionando o cardápio. – Está ficando quente. Quente demais. Tal qual o verão passado.

Uma velhinha, segurando uma sombrinha, cai de joelhos do lado oposto da rua.

– Lembra o verão passado? – ele me pergunta.

– Mais ou menos.

Há gente em pé ao redor da velhinha e chega uma ambulância, mas a maioria das pessoas no La Scala não parece reparar.

– Puxa, claro que lembra.

Verão passado. Coisas que ficaram do verão passado. Circulando nas boates: The Wire, Nowhere Club, Land's End, The Edge. Um albino no Canter's por volta de três da manhã. Uma caveira verde enorme de capuz se arreganha para os motoristas num outdoor na Sunset, segurando um cibório, dedos ossudos chamando. Vi um travesti de frente-única na fila de algum cinema. Vi muitos travestis naquele verão. Jantar no Morton's com Blair quando ela me disse para não ir para New Hampshire. Vi um anão entrando num Corvette. Fui a um show das Go-Gos com Julian. Festa na casa de Kim numa tarde quente de domingo. B-52s tocando. Gazpacho, chili do Chasen, hambúrgueres, daiquiris de banana, sorvete da Double Rainbow. Dois ingleses na beira da piscina que me contaram o quanto gostavam de trabalhar no Fred Segal. Todos os ingleses que encontrei naquele verão trabalhavam no Fred Segal. O francesinho magro com quem Blair tinha transado, fumando um baseado, pés na jacuzzi. O imenso Rotweiller preto que engolia a água e dava umas voltas na piscina. Rip carregava um globo ocular de plástico na boca. Eu ficava olhando para além das palmeiras, observando o céu.

ERA para alguém estar tocando no Palace esta noite, mas Blair está bêbada e Kim vê Lene na entrada e as duas gemem e Blair dá a volta com o carro. Era para alguém chamada Angel sair conosco esta noite, mas hoje mais cedo ela caiu dentro do ralo da jacuzzi e quase se afogou. Kim diz que The Garage reabriu em algum ponto do La Brea e Blair vai ao La Brea e desce e sobe e, depois, desce outra vez, e não consegue achá-lo. Blair ri e diz: "Isso é ridículo", e bota para tocar uma fita do Spandau Ballet e aumenta o volume.

– Vamos apenas à porra do Edge – Kim grita.

Blair começa a rir e diz:

– Ah, então, tudo bem.

– O que você acha, Clay? Devemos ir ao Edge? – Kim pergunta.

Estou sentado no banco traseiro, embriagado, e dou de ombros, e quando chegamos ao The Edge, tomo mais dois drinques.

O DJ no The Edge esta noite está sem camisa e usa brincos nos mamilos e um chapéu de vaqueiro em couro e resmunga "Hip-Hip-Hurra" no intervalo entre as músicas. Kim me diz que ele, obviamente, não consegue se decidir entre ser "gay" ou "New Wave". Blair me apresenta a uma amiga, Christie, que faz parte da nova série de TV da ABC. Christie está com Lindsay, que é alto e se parece bastante com Matt Dillon. Lindsay e eu subimos para o banheiro e cheiramos pó num dos boxes. No espelho acima da pia, alguém escreveu em enormes letras pretas: "O desalento predomina".

Depois que saímos do banheiro, Lindsay e eu sentamos no bar, em cima, e ele me revela que não há muita coisa acontecendo em parte alguma da cidade. Concordo com a cabeça, acompanhando o refletor estroboscópico acendendo e apagando, piscando através da pista imensa. Lindsay acende meu cigarro e põe-se a falar, mas o som está tão alto que não capto muito do que ele diz. Um surfista esbarra em mim e sorri e pede fogo. Lindsay empresta um isqueiro ao rapaz e sorri de volta. Lindsay passa a falar sobre não ter encontrado ninguém nos últimos quatro meses que tivesse mais de dezenove anos. "É o bastante para se ficar maluco, hein?", grita, acima do estrondo da música.

Lindsay se levanta e diz que viu sua traficante, e que precisa falar com ela. Sento-me sozinho no bar e acendo outro cigarro, peço mais um drinque. Há uma menina gorda também sentada sozinha no bar quase vazio, tentando falar com o garçom que, como o DJ, não usa camisa e está dançando sozinho, atrás do balcão, com o som que é expelido pelas caixas acústicas. A garota gorda está muito maquiada e toma um refrigerante dietético com canudo e está vestida com jeans roxo da Calvin Klein e com botas de vaqueiro combinando. O garçom não escuta o que ela diz e essa sua imagem fica registrada em mim: a moça sentada sozinha num quarto em algum lugar da cidade, esperando por um telefonema. Ela pede outro refrigerante dietético. No andar inferior, a música para e o DJ anuncia que vai se realizar uma festa de praia, estilo anos 60, no Florentine Gardens dali a duas semanas.

– Esta noite está... bem animada – a gorda diz ao garçom.

– Onde? – ele pergunta.

A menina olha para baixo, embaraçada por um instante, e paga pela bebida, e mal posso ouvir seu murmúrio, "Em algum lugar", e ela se levanta e fecha o botão de cima do seu jeans e deixa o bar, e num determinado momento, mais tarde, esta noite, percebo que só vou permanecer em casa por mais duas semanas.

O MEU analista me conta que tem uma ideia nova para um roteiro. Ao invés de escutar, penduro uma das pernas no braço da imensa poltrona forrada de couro preto no elegante consultório e acendo outro cigarro, uma cigarrilha. O sujeito fala e fala e, após cada grupo de frases, cofia a barba e olha para mim. Estou de óculos escuros e ele não tem muita certeza se o estou fitando. Estou. O analista fala mais e logo o que ele diz passa a não me importar. Faz uma pausa e me pergunta se eu gostaria de ajudá-lo a escrever. Respondo que não estou interessado. O analista fala algo, como: "Sabe, Clay, nós dois estivemos conversando sobre como você deveria se tornar mais ativo e não ficar tão passivo e creio que seria uma boa ideia se você me ajudasse a escrever isso. Pelo menos um esboço".

Resmungo alguma coisa, sopro um pouco da fumaça da cigarrilha na direção dele e olho pela janela.

ESTACIONO o carro em frente ao novo apartamento de Trent, a poucos quarteirões da UCLA, em Westwood, o apartamento onde ele mora quando está em aulas. Rip atende à porta, já que é, agora, o traficante de Trent, uma vez que ele não tem conseguido mais encontrar Julian.

– Adivinhe quem está aqui? – Rip pergunta.

– Quem?

– Adivinhe.

– Quem?

– Adivinhe.

– Conte, Rip.

– É jovem, rico, está disponível, é iraniano. – Rip me empurra para a sala. – Eis Atiff.

Atiff, que não vejo desde a formatura, está sentado no sofá trajando mocassins Gucci e um terno italiano caro. É calouro na USC e dirige um 380 SL negro.

– Ah, Clay, como vai, amigão – Atiff se levanta do sofá e aperta minha mão.

– Ótimo. E você?

– Ah, muito bem, muito bem. Acabo de chegar de Roma.

Rip sai da sala e vai para o quarto de Trent e liga a MTV e aumenta o volume.

– Onde está Trent? – pergunto, procurando localizar o bar.

– No chuveiro – diz Atiff. – Você está com uma aparência excelente. Como foi em New Hampshire?

– Foi tudo bem – digo, e sorrio para o colega de apartamento de Trent, Chris, que está sentado à mesa da cozinha ao telefone. Ele retribui meu sorriso e se levanta e se põe a andar nervoso pela cozinha. Atiff está falando a respeito de clubes em Veneza e de como perdeu uma peça da bagagem Louis Vuitton em Florença. Acende um cigarro italiano fino.

– Retornei duas noites atrás, pois me disseram que as aulas iriam se iniciar logo. Não sei ainda quando começam, mas ouvi dizer que não vão demorar. – Faz uma pausa. – Você foi à festa de Sandra ontem no Spago? Não? Não foi muito boa.

Estou meneando a cabeça positivamente, de olho em Chris, que desliga o telefone e grita:

– Merda!

– O que houve? – indaga Atiff.

– Roubaram meu violão e eu tinha um Desoxyn escondido dentro dele que fiquei de dar a alguém.

– O que você faz? – pergunto a Chris.

– Ando pela UCLA.

– Matriculado?

– Acho que sim.

– Ele também compõe músicas – diz Trent, entrando no quarto, apenas de jeans, cabelo molhado, secando com a toalha. – Toque alguma coisa sua para eles.

– Claro – diz Chris, sem dar a mínima.

Chris vai até o aparelho de som e põe uma fita. De onde estou, posso ver a jacuzzi, fumegando, azul, iluminado, e, além, um conjunto de halteres e duas bicicletas. Sento-me no sofá e folheio uma das revistas que estão sobre a mesa: alguns *GQs*, alguns *Rolling Stones* e um exemplar da *Playboy* e a cópia da *People* com a foto de Blair e do pai e uma cópia da *Stereo Review* e da *Surfer*. Passo os olhos na *Playboy* e começo a viajar e fixo o olhar no pôster emoldurado do álbum "Hotel California", nas letras azuis hipnotizantes, na sombra das palmeiras.

Trent comenta que um sujeito chamado Larry não conseguiu entrar para a escola de cinema. A música ecoa através das caixas e tento escutá-la, mas Trent ainda fala sobre Larry, e Rip está rindo histericamente no quarto de Trent.

– O pior é que o pai dele tem uma porra de um seriado que está na porra dos dez mais vistos. Ele tem seu próprio estúdio e a USC não deixa o rapaz entrar? As coisas estão pretas.

– Não o deixaram entrar porque é viciado em heroína – Rip grita.

– Que merda – Trent diz.

– Não sabia disso? – Rip dá gargalhadas.

– De que diabo você está falando?

– Ele praticamente come a droga com farinha – Rip diz, abaixando o volume da televisão. – Antes, ele era normal.

– Puta que pariu, Rip – eu grito. – O que significa normal para você?

– Não, estou falando normal mesmo.

– Merda, eu nunca soube de nada disso sobre Larry – diz Atiff.

– Tu tá cheio de merda – Trent grita para o quarto.

– Ah, Trent, chupa meu pau – Rip responde.

– Ponha-o para fora – Trent grita, rindo, voltando ao quarto. – Ei, quem fez as reservas no Morton's?

Tenho uma sensação de déjà vu e abro uma *GQ*, rostos das paredes de minhas irmãs chegam a mim. O som está alto, e as músicas parecem estar sendo cantadas por uma garotinha, e a bateria eletrônica é muito barulhenta e insistente. As vozes de garotinha guincham: "*I don't know where to* go / *I don't know what to do* / *I don't know where to* go / *I don't know what to do* / *Tell me. Tell me...*".*

– Fez as reservas? – Trent berra de novo.

– Tem alguma anfetamina? – Chris devolve para Trent.

– Não – Trent responde. – Alguém fez as reservas?

– Sim, eu fiz – Rip grita. – Agora, cale a boca.

– Algum de vocês aí tem uma anfetamina? – Chris pergunta.

– Anfetamina? – Atiff pergunta.

– Ouça, nós não temos nenhuma – digo.

A música para.

– Você tem que ouvir essa música que vem a seguir – Trent diz, vestindo uma camisa.

Chris o ignora e pega o telefone na cozinha. Disca e pergunta a quem atendeu se tem anfetamina. Chris espera e desliga, com uma expressão desolada.

– Um sujeito me paquerou hoje – Rip está contando, entrando na sala. – Chegou-se a mim no Flip e ofereceu seiscentos dólares para eu ir passar o final de semana com ele em Laguna.

* "Não sei para onde ir / Não sei o que fazer / Me diga..." (N.T.)

– Aposto que você não foi o único para quem ele jogou esse papo – Trent diz, atravessando a sala e abrindo a porta que dá para a jacuzzi. Abaixa e dá uma espiada na água. – Chris, tem cigarro?

– Tenho, no quarto, sobre a cabeceira – Chris diz, discando outro número.

Fico de olho no pôster, na dúvida se devo cheirar o pó que está no meu bolso agora, antes de ir ao Morton's, ou quando chegar lá. Trent sai do quarto de Chris e quer saber quem está deitado no chão, dormindo.

– Ah, é Alan, eu acho. Ele tem estado assim há dois dias.

– Ah, que ótimo – Trent diz. – Ótimo mesmo.

– Deixe-o em paz. Está com mononucleose ou coisa parecida.

– Vamos embora logo – Trent diz.

Rip antes vai ao banheiro e Atiff e eu nos levantamos.

Chris desliga o telefone.

– Você vai estar aqui quando eu voltar? – Trent lhe pergunta.

– Não. Tenho que ir ao Colony. Arrumar uma anfetamina.

Meus sonhos principiam calmamente. Sou mais jovem e volto a pé da escola e o dia está nublado, com nuvens cinzentas e brancas e algumas roxas. Começa a chover e ponho-me a correr. Depois de correr sob os pingos da chuva, por um tempo que parece extremamente longo, tropeço na lama de repente e caio estatelado no chão e, devido à terra estar tão molhada, passo a afundar e a engolir a lama que enche a minha boca e que vai subindo pelo nariz e que, por fim, entra-me nos olhos, e não acordo até estar completamente submerso na terra.

Passa a chover em Los Angeles. Leio sobre as casas caindo, deslizando pelos barrancos no meio da noite, e não consigo dormir, geralmente dopado com cocaína, até o amanhecer para me certificar de que nada vai acontecer à nossa casa. Saio, então, na úmida, vaporosa manhã, e compro o jornal, leio a seção de cinema e tento ignorar a chuva.

Não acontece muita coisa durante os dias chuvosos. Uma de minhas irmãs compra um peixe e põe na jacuzzi, e o calor e o cloro matam-no. Recebo telefonemas estranhos. Alguém que sabe meu número liga, geralmente bem tarde, e, quando atendo, a pessoa do outro lado não diz nada durante três minutos. Marco o tempo que passa. Ouço, em seguida, um suspiro e a pessoa desliga. Os sinais de trânsito na Sunset entram em curto, e uma luz amarela fica piscando num cruzamento e uma verde se acende por alguns segundos, seguida pela amarela, e, então, as luzes verdes e vermelhas se acendem de uma só vez.

Recebo um recado de Trent. Foi visto com um terno bem caro, dizem minhas irmãs, e dirigindo um Mercedes de outra pessoa. "De um amigo meu", Trent explicou-lhes. Também mandou me contar que Scott morreu de overdose. Não sei quem é Scott. Continua chovendo. E naquela noite, depois de receber três dos estranhos e silenciosos telefonemas, quebro um copo jogando-o contra uma parede. Ninguém vem para ver o que era o barulho. Deito na cama, desperto, tomo vinte miligramas de Valium para escapar da cocaína, mas o sono não chega. Apago a MTV e ligo o rádio, mas a KNAC não está pegando, então o desligo e fico olhando através do Valley e observo a tela de luzes fluorescentes e de neon espalhadas sob um céu noturno de tonalidade púrpura, e de pé ali, nu, na janela, vejo as nuvens passarem, e deito-me, tentando lembrar há quantos dias estou em casa, e me levanto e caminho pelo quarto e acendo outro cigarro e o telefone toca. Assim são as noites de chuva.

ESTOU sentado no Spago com Trent e Blair, e Trent diz que está positivamente certo de que há alguém cheirando pó no bar e lhe pergunto por que ele não se junta a esse pessoal e ele me manda calar. Aspiramos meio grama de pó antes de deixarmos o apartamento de Trent, por isso não estamos com muita fome, e pedimos apenas aperitivos e uma pizza, e ficamos bebendo vodca e suco de grapefruit. Blair está cheirando o pulso e acompanhando o novo compacto da Human League que está tocando no som. Blair pergunta ao garçom, depois que ele traz a quarta rodada de *greyhounds*, se ele estava no Edge na outra noite. Ele sorri e diz que não.

– Então, diga – Blair pergunta a Trent –, Walker é mesmo alcoólatra?

– É, é sim – confirma Trent.

– Eu sabia. Mas Walker é legal. É simpático.

Trent ri, concorda e olha para mim.

Fico pasmo por um instante e olho para os dois e digo:

– Walker é simpático. – Não sei quem é Walker.

– É, eu gosto de Walker – Trent diz.

– É, Walker é uma simpatia – Blair concorda.

– Ei, eu lhe contei? – Trent começa. – Vou a Springs amanhã. Vou ter que descer e tomar conta de um jardineiro mexicano estúpido que vai plantar cactos no terreno. Não é a coisa mais típica de que já ouviu falar? Típica demais. Minha mãe me pediu e eu falei: "Nem pensar, gracinha", e ela disse: "Você nunca faz nada para mim", e ela está certa, sabe, então eu disse: "Está bem", pois fiquei com pena dela, sabe? Além disso, ouvi dizer que Sandy está com uma cocaína esplêndida e ele vai estar lá.

Blair sorri:

– Você é tão amável.

Está se aproximando a meia-noite e alguém paga a conta e digo a Trent, depois que Blair sai para ir ao banheiro, que não faço a mínima ideia de quem é Walker.

Trent olha para mim e diz:

– Você não tem nada a ver, sabia disso?
– Tenho a ver sim.
– Não, cara. Você é ridículo.
– Por que não tenho a ver?
– Porque não tem mesmo.
– Isso não faz sentido.
– Pode ser que não.
– Puta que pariu.
– Você é tolo, Clay – Trent ri.
– Não, não sou – digo, rindo de volta.
– É, acho que você é, sim. Na verdade, tenho certeza absoluta disso.
– Tem, é?
Trent termina a bebida, chupa um gelo e pergunta:
– Então, com quem você está transando?
– Com ninguém. Com quem eu transo não é da sua conta nem da de Blair, está bem?
– Está certo – dá um sorrisinho.
– O que isso quer dizer?
Ele não diz nada.
– Com quem você está transando? – pergunto-lhe.
– Ah, acabe com isso, Clay, por favor.
– Não, com quem você está transando, Trent?
– Você não entendeu nada, não é?
– Entendeu o quê? O que há para entender? Se isso tem relação com Blair, você está fora da realidade mesmo. Ela devia saber melhor. Ela acha que ainda estamos namorando? Foi isso o que ela lhe disse? Bem, não estamos coisa nenhuma, certo? Entendeu? – O efeito do pó está passando e estou prestes a me levantar para ir ao banheiro.
– Você contou a ela? – ele finalmente pergunta.
– Não – digo, ainda olhando para ele, depois para a janela.
– Grosseirão. Grosseirão mesmo – ele diz lentamente.
– Quem é grosseirão? – Blair pergunta, se sentando.
– Roberto – Trent diz, desviando seus olhos dos meus.

Não quero deixar Trent e Blair sozinhos, então fico sentado ali, muito quieto.

– Ah, não sei não. Acho-o um bom amigo.

– Que nada.

– Ele é apenas diferente.

– Por que você gosta dele? – Trent pergunta, terminando outro cubo de gelo, olhando duramente para mim.

– Porque sim – Blair diz, se levantando.

– Isso é porque você não passa muito tempo com ele.

Trent também se levanta e Blair ri e diz: "Pode ser", e ela parece estar mais bem-humorada, o que me faz pensar que cheirou algum pó no banheiro. Quase certo. E então, fico pensando se isso faz alguma diferença.

Enquanto esperam pelo carro, Blair e Trent sorriem um para o outro de um modo que me deixa assaz irritado, e ela olha para o céu nublado, quando começa a chover suavemente. Entramos no carro de Blair, que põe para tocar uma fita que gravou numa noite anterior, e o Bananarama passa a cantar. Trent pergunta onde está a fita do Mix da Praia e Blair responde que a queimou porque já a tinha escutado demais.

Por alguma razão que não sei definir acredito nisso. Abro a janela, e seguimos para o After Hours.

A GAROTA ao lado da qual estou sentado no After Hours tem dezesseis anos e está queimada de sol e me diz que é terrível que a rádio KROQ tenha uma tabela musical. Blair está sentada à minha frente e ao lado de Trent, que está imitando Richard Blade à sua maneira, para duas lourinhas. Rip vem para a mesa, após ter conversado com o galã pornô gay que está sentado no bar com a namorada, e cochicha algo no ouvido de Blair e os dois se levantam e saem. A garota ao meu lado, embriagada e com a mão pousada em minha coxa, está perguntando agora se The Whiskey pegou fogo e respondo que certamente sim. Blair e Rip retomam e sentam-se, e ambos aparentam um estado de alerta doentio: Blair movimenta a cabeça de um lado para o outro rapidamente, acompanhando o pessoal que dança na pista; e Rip revira os olhos em todos os sentidos, à procura da garota que chegou com ele. Blair pega um lápis de maquiagem e escreve algo na mesa. Rip localiza a garota. Um louro alto se aproxima de nossa mesa e uma das garotas ao lado de Trent pula e diz: "Teddy! Pensei que você estivesse em coma!", e ele explica que não, não estava em coma, mas que teve a carteira de motorista apreendida por dirigir alcoolizado na Pacific Coast Highway, e Blair continua riscando a mesa, enquanto Teddy se senta. Creio ter visto Julian se retirando, e deixo a mesa e vou ao bar e depois saio; está caindo um temporal e posso ouvir o som do Duran Duran vindo do interior. Uma menina que não conheço passa por mim e me diz "Olá" e a cumprimento, também. Vou ao banheiro e lá me tranco e fico me observando ao espelho. Batem à porta e me encosto nela, não cheiro pó, e choro cerca de cinco minutos, saio e volto à boate que está escura e lotada. Ninguém, portanto, pode ver que meu rosto está todo inchado e meus olhos vermelhos e me sento ao lado da loura embriagada, que discute com Blair sobre os resultados de testes de aptidão. Griffin entra com uma loura deslumbrante e me sorri, e ambos se dirigem ao bar para falar com o tal galã pornô gay e sua namorada. Num determinado momento, Blair sai com Rip ou talvez com Trent, ou Rip sai com Trent ou talvez saia com as duas louras sentadas perto de Trent ou Blair sai com elas, e, afinal, vou dançar com uma garota que se encosta em mim e murmura que deveríamos ir para a sua casa. Atravessamos a pista lotada, ela se encaminha ao banheiro e a espero numa mesa. Na mesa, vários garranchos infantis feitos com lápis de cera vermelho repetem a frase "Ajude-me", com pequenos floreios na letra "e" de cada pronome "me", e números de telefone escritos ao redor dos vinte "Ajude-me" e circundados por palavras que não se conseguem ler fazem com que o pedido de ajuda em vermelho sobressaia ainda mais. A garota volta e deixamos o After Hours, passando pela menina que me disse "olá" e está chorando na portaria, e pelo galã pornô que está fumando um baseado no beco; pelos quatro mexicanos que estão mexendo com a garotada que entra e sai da boate, pelo leão de chácara e pelo manobrista que diz aos mexicanos para irem embora. Um deles grita para mim: "Ei, punk veado!", e eu e a garota entramos no carro dela e seguimos em direção às montanhas. Entramos em seu quarto, eu me dispo, deito em sua cama, ela vai ao banheiro e espero alguns minutos, até que, finalmente, ela sai, envolta numa toalha, senta-se na cama e ponho as mãos em seus ombros. Ela diz para eu parar e, depois que eu a solto, ela me pede para me encostar na cabeceira. Faço-lhe a vontade e ela despe a toalha, fica nua, abre a gaveta ao lado da cama e tira um tubo de Bain De Soleil, que me entrega, e mexe na gaveta, pega uns óculos escuros Wayfarer e pede, também, que eu os coloque e obedeço. Ela toma nas mãos o tubo do bronzeador e espreme um pouco sobre os dedos e esfrega o creme no corpo, gesticulando para eu imitá-la, e eu obedeço novamente. Após algum tempo, paro e chego-me a ela, que me detém e diz que não, pondo minha mão em mim e a sua em si mesma, alisando-se e, depois que isso se dá por alguns instantes, anuncio que vou atingir o orgasmo e ela me pede que aguente um pouco, porque está quase no auge, e começa a friccionar a mão mais depressa, abrindo mais as pernas, contra os travesseiros, e tiro os óculos escuros e ela me diz para recolocá-los e assim faço, e sinto um ardor quando gozo e acho que ela goza também. Ouve-se Bowie e ela se levanta, enrubescida, e desliga o som e liga a MTV. Permaneço deitado, nu, ainda com os óculos escuros, e ela me passa uma caixa de lenços de papel. Limpo-me e folheio uma *Vogue* que está jogada ao lado da cama. Ela veste um roupão e fica me observando. Posso ouvir trovões a distância e a chuva se torna mais forte. Ela acende um cigarro e ponho-me a me vestir. Chamo um táxi pelo telefone e, afinal, tiro o Wayfarer. Ela diz para eu descer a escada sem fazer barulho, para não acordar seus pais. O táxi me leva de volta ao apartamento de Trent, fora cai uma fraca chuva. Quando entro em meu carro, há um bilhete no assento ao lado do meu que diz "Divertiu-se?" e tenho certeza que a letra no bilhete é de Blair, e volto para casa.

ESTOU sentado no consultório do analista no dia seguinte, sentindo os últimos efeitos do pó, espirrando sangue. Meu analista está usando um suéter vermelho com a gola em V sem ter nada sob ele, e uma calça jeans cortada como bermuda. Passo a chorar com muita intensidade. Ele olha para mim e brinca com o cordão de ouro que pende de seu pescoço bronzeado. Paro de chorar por um instante e ele me fixa mais o olhar e escreve alguma coisa em seu bloco. Faz-me uma pergunta. Digo que não sei o que está errado; que talvez o problema se relacione com meus pais, mas não, na verdade, ou talvez com meus amigos ou com as vezes em que saio dirigindo e me perco; talvez sejam as drogas.

– Pelo menos você percebe essas coisas. Mas não é disso que estou falando, não é realmente isso que estou lhe perguntando, não é mesmo.

Levanta-se, cruza o consultório e endireita a capa emoldurada de uma *Rolling Stone* com Elvis Costello e as palavras "Elvis Costello se arrepende" em letras garrafais brancas. Aguardo que ele me faça a pergunta.

– Gosta dele? Viu-o no Amphitheater? É? Ele está na Europa agora, eu acho. Pelo menos é o que ouvi na MTV. Gosta desse último disco?

– E quanto a mim?

– E quanto a você?

– É, e quanto a mim?

– Você vai ficar bem.

– Não sei. Eu não acredito nisso.

– Vamos falar sobre outra coisa.

– E quanto a mim? – grito, sufocando.

– Deixe disso, Clay – o analista corta. – Não seja tão... mundano.

Era o aniversário de meu avô e estávamos em Palm Springs havia quase dois meses; tempo demais. O sol estava quente e o ar pesado durante aquelas semanas. Era hora do almoço e estávamos todos sentados sob o toldo em frente à piscina da casa antiga. Lembro-me que naquele dia minha avó comprara para mim um pacote de açúcar-cande e eu mastigava as balas constantemente, nervosamente. O caseiro trazia frios e cerveja e Hawaiian Punch e batatas palha numa enorme travessa de madeira e punha-os sobre a mesa onde minha tia, meus avós, meus pais e eu estávamos sentados. Minha mãe e minha tia se serviam de sanduíches de peru. Meu avô usava uma sunga e um chapéu de palha e tomava cerveja Michelob. Minha tia se abanava com uma revista People. *Minha avó não andava se sentindo bem e mordiscava de leve seu sanduíche e bebericava chá gelado de ervas. Minha mãe não prestava atenção à conversa. Olhava para minhas irmãs e primos que brincavam na piscina, com os olhos vidrados na água fresca, azul-esverdeada.*

– Acho que já ficamos aqui por muito tempo – disse minha tia.

– Não é exagero – meu pai disse, mudando de posição na cadeira.

– Quero ir embora – falou minha tia numa voz miúda, olhos distantes, dedos agarrados à revista.

– Bem – meu avô ergueu a voz. – É melhor irmos logo embora. Estou ficando vermelho como pimenta. Concorda, Clay? – Piscou para mim e abriu sua quinta cerveja.

– Vou fazer as reservas do voo hoje – minha tia disse.

Um dos meus primos estava folheando um exemplar do Los Angeles Times *e comentou algo sobre um desastre de avião em San Diego. Todos murmuraram, e os planos para a volta foram esquecidos.*

– Que desgraça – minha tia disse.

– Acho que eu preferiria morrer num desastre de avião do que de qualquer outra maneira – meu pai falou, depois de algum tempo.

– Acho que seria pavoroso.

– Mas não sentiria nada. Você entra no avião de cara cheia, toma um Librium, e o avião decola e explode e você nunca vai saber o que lhe aconteceu. – Meu pai cruzou as pernas.

Um silêncio pairou sobre a mesa. Os únicos ruídos advinham de minhas irmãs e meus primos pulando na água.

– O que você pensa a esse respeito? – minha tia perguntou à minha mãe.

– Tento não pensar em coisas no gênero.

– E você, mãe? – meu pai indagou à minha avó.

Ela, que não dissera nada durante todo o dia, limpou a boca e disse com muita tranquilidade:

– Não gostaria de morrer de maneira alguma.

Sigo para a casa de Trent, mas me lembro que ele está em Palm Springs, então vou à de Rip, e um rapaz louro atende à porta só de sunga, a lâmpada ultravioleta acesa na sala. "Rip saiu", diz o rapaz. Retiro-me e, ao entrar na Wilshire, Rip encosta seu Mercedes à minha frente e se inclina para fora da janela dizendo: "Spin e eu vamos ao City Café. Encontre-nos lá". Aceno de modo afirmativo e sigo Rip através da Melrose, a placa em que se lê "CLIMAXX" reluzindo.

O City Café está fechado e, parado em frente a ele, há um velho mendigo de roupas esfarrapadas e chapéu preto, falando sozinho, e quando chegamos, ele franze o cenho para nós. Rip abaixa o vidro do carro e encosto-me ao seu lado.

– Onde você quer ir? – pergunto.

– Spin quer ir ao Hard Rock.

– Eu sigo você.

Começa a chuva.

Chegamos ao Hard Rock Café e, quando sentamos, Spin conta que conseguiu algo fabuloso para hoje. Há um homem sentado a uma mesa ao lado da nossa, cujos olhos estão cerrados com muita força. A mulher sentada com ele não aparenta se importar e deglute uma salada. Quando o homem finalmente abre os olhos, por algum motivo me sinto aliviado. Spin ainda está falando e, quando procuro mudar de assunto e indagar sobre o paradeiro de Julian, Spin conta que uma vez foi tapeado por Julian que, normalmente, apresentava um pó bem servido. Rip diz que Julian tem problemas em excesso.

– Para começo de conversa vive sempre churriado.

Spin me olha e concorda com Rip:

– Muito churriado.

– Quer dizer, ele vende pó e heroína excelentes, mas não devia vender para a garotada do ginásio. É baixaria pura.

– É – digo, assimilando o que ele diz. – Muito baixo.

– Há quem diga que aquele garoto de treze anos que morreu de overdose em Beverly comprou a droga na mão de Julian.

Algum tempo depois, volto-me para Rip:

– O que você anda fazendo?

– Nada de mais. Tomei uns tranquilizantes veterinários ontem com Warren e fui assistir aos Grimsoles. Foram esplêndidos. Jogavam ratos na plateia. Warren levou um para o carro – Rip olha para o chão, dá uma risadinha. – E o matou. E era um rato enorme. Levou vinte, trinta minutos para matar o sacana.

– Acabei de chegar de Vegas – Spin diz. – Derf e eu viemos dirigindo. Usamos cuecas o tempo todo na piscina do hotel do meu pai, de papo para o ar. Foi incrível.

– O que você anda fazendo, cara? – Rip pergunta.

– Ah, nada de mais – respondo.

– É, não aparece muita coisa a mais para se fazer.

Spin concorda.

Depois do jantar, partilhamos um baseado no carro enquanto vamos a Malibu para comprar alguns gramas de pó de um sujeito chamado Dead. Estou sentado no banco de trás do carro de Rip e pensei que ele tivesse dito: "Vamos encontrar um sujeito chamado Ed". Mas quando Spin falou: "Como você sabe que Dead vai estar nas paradas?", e Rip disse: "Porque Dead está sempre nas paradas", percebi qual era o nome.

Tenho a impressão de que tem uma festa rolando na casa de Dead e algumas das pessoas presentes, na maioria jovens, olham de *modo* estranho para nós três, provavelmente porque eu e Rip e Spin não estamos de sunga. Caminhamos até Dead, um quarentão, de bermuda, deitado sobre uma imensa pilha de almofadas, com dois garotos bronzeados a seu lado assistindo à TV a cabo, e Dead entrega a Rip um envelope grande. Há uma loura bonita, de biquíni, sentada atrás de Dead acariciando a cabeça do rapaz à esquerda dele.

– Vocês têm que tomar mais cuidado, rapazes – Dead cicia.

– Por quê, Dead? – Rip pergunta.

– Há policiais espalhados por todo o Colony.

– Não! É mesmo? – Spin pergunta.

– É. Um garoto meu foi baleado na perna por um deles.

– Que sujeira. É mesmo?

– É.

– Puta merda.

– O rapaz tinha dezessete anos, pelo amor de Deus. Baleado na porra da perna. Quem sabe vocês o conhecem.

– Quem era? – Rip pergunta. – Christian?

– Não, Randall. Estuda em Oakwood. Hein?

Spin balança a cabeça e "Hungry Like the Wolf" explode dos alto-falantes presos ao teto, acima da cabeça suada e careca de Dead.

– Tem que tomar cuidado.

– É. Você tem que tomar mais cuidado – Spin diz, passando a língua pelos lábios para a garota cujos dedos ainda brincam com o cabelo do sujeito louro.

O louro pisca para mim, faz beicinho.

No carro, Spin prova o pó e diz que está batido com muita novocaína. Rip diz que, a essa altura dos acontecimentos, não está se importando e que só quer aspirar umas carreiras. Rip aumenta o volume do rádio e põe-se a gritar: "O que vai acontecer com todos nós?", na maior felicidade. E Spin berra de volta: "Nós quem, cara? Todos nós quem?". Cheiramos um pouco do pó e, em seguida, vamos a um fliperama em Westwood e brincamos com os videogames por quase duas horas e acabamos gastando vinte paus, em média, cada um, e só paramos de jogar porque nossas moedas se acabam. Rip tem apenas notas de cem ou mais, e o fliper não dá troco. Rip, então, enfia as notas no bolso de volta, grita para o sujeito que trabalha no caixa para ele ir se foder e nós três voltamos para o carro e terminamos o resto do pó.

O PAI de Blair está dando uma festa para um jovem ator australiano cujo filme estreia em Los Angeles na próxima semana. Ele tenta convencer o ator a estrelar o novo filme que está produzindo, um filme de aventuras e ficção científica de trinta milhões de dólares chamado *Star Raiders*. Mas o preço do ator australiano é muito alto. Vou à festa para tentar falar com Blair, mas ainda não a vi, só vários atores e amigos de Blair do curso de cinema da USC. Jared está presente e fica tentando se enturmar com o ator australiano. Pergunta se ele viu *Além da imaginação*, com Agnes Moorehead, e o ator australiano sacode a cabeça, dizendo: "Não, meu chapa". Jared cita outros episódios do seriado e o ator australiano, que está suando profusamente e bebe seu quarto cuba-libre, diz a Jared que não viu nenhum dos episódios de *Além*

da imaginação de que ele está falando. Finalmente o ator se afasta de Jared, que se junta a seu novo namorado, não o garçom do Morton's, mas um figurinista que trabalhou no último filme do pai de Blair e que provavelmente vai fazer os figurinos para *Star Raiders*. O ator australiano fica perto de sua mulher, que o ignora. Kim me conta que os dois brigaram esta tarde e que ela deixou o bangalô deles no Beverly Hills Hotel num acesso de raiva e foi a um salão de luxo no Rodeo e mandou cortar todo o cabelo. O cabelo é ruivo e está cortado rente, e quando ela vira a cabeça em determinados ângulos, vislumbro partes brancas sob o cabelo espetado.

Vem à baila o assunto dos danos ocorridos em Malibu devido às tempestades, e alguém comenta que uma casa inteira ao lado da deles desmoronou: "Assim de uma hora para outra. Num instante estava no lugar, no seguinte, chuf... estava no chão". A mãe de Blair balança a cabeça enquanto ouve o diretor que lhe conta isso, seus lábios estão trêmulos, e ela olha de relance para Jared. Resolvo dirigir-me a ela e perguntar onde está Blair, porém entram algumas pessoas, atores e atrizes e um diretor e executivos de estúdio, e ela vai ao seu encontro. Acabaram de chegar da cerimônia de entrega dos Globos de Ouro. Uma das atrizes adentra triunfalmente e abraça o figurinista, confidenciando-lhe em voz alta: "Marty acaba de perder, arranje-lhe um uísque puro, depressa, e para mim uma vodca com gim antes que eu desmonte, está bem, queridinho?".

O figurinista estala os dedos para o garçom negro, de cabelos grisalhos, e diz: "Ouviu?". O garçom desperta de seu estupor um pouco rápido demais, um pouco dissimuladamente demais, e prepara as bebidas para a atriz. As pessoas começam a lhe perguntar quem ganhou o quê na entrega dos Globos de Ouro. Mas a atriz e a maioria dos atores e produtores e executivos de estúdio não se lembram. O diretor, Marty, se recorda e recita cada nome cuidadosamente e, se alguém pergunta quem eram os concorrentes, o diretor olha direto para frente e os nomeia em ordem alfabética.

Começo a tagarelar com um dos rapazes que estudam Cinema na USC. Está bastante bronzeado e deixando crescer uma barba loura e usa óculos e tênis Tretorn rasgados e fica falando sobre a "indiferença estética" nos filmes americanos. Estamos sentados sozinhos num cômodo e logo entram Alana e Kim e Blair. Sentam-se. Blair não olha para mim. Kim passa a mão na perna do sujeito que estuda Cinema e diz: "Liguei para você ontem à noite, onde você estava?". E ele diz: "Jeff e eu fumamos alguns charos e fomos a uma exibição do novo filme da série *Sexta-feira 13*". Olho para Blair, tento entrar em contato com ela com os olhos, atrair a sua atenção. Mas ela não olha para o lado onde estou.

Jared e o pai de Blair e o diretor de *Star Raiders* e o figurinista entram e se sentam e o assunto logo é o ator australiano, e o pai de Blair pergunta ao diretor, vestido com um conjuntinho de malha e de óculos escuros, por que o ator está em Hollywood.

– Acho que está aqui para ver se é indicado pra um Oscar. Você sabe que as indicações estão para sair.

– Para esse merda? – vocifera o pai de Blair.

Acalma-se e olha para a filha, que está sentada próximo à lareira, onde está a árvore de Natal, e ela parece deprimida. O pai a chama com os braços: "Vem cá, gatinha, sente-se no colinho do papai". E Blair o encara incrédula por um instante e olha para baixo, sorri e sai. Ninguém fala nada. Dali a pouco, o diretor pigarreia e pergunta quem vai ser o astro, se não conseguirem "essa porra de australiano" para o *Star Raiders*. Sugerem-se alguns nomes.

– Que tal aquele rapaz delicioso que participou de *Beastman!*? Você sabe de quem estou falando, Clyde. – O figurinista olha para o diretor, que está coçando o queixo, imerso em pensamentos.

Blair retorna com uma bebida e olha para mim, desvio o olhar e finjo estar interessado na conversa.

O figurinista dá um tapa no joelho e grita:

– Marco! Marco! – Fica uivando o nome: – Marco... ahn, Marco... Ferr... Ferra... que merda, esqueci completamente.

– Marco King?

– Não, não, não.

– Marco Katz?

Exasperado, o figurinista sacode a cabeça e diz:

– Alguém viu *Beastman!*?

– Quando *Beastman!* foi lançado? – pergunta o pai de Blair.

– *Beastman!* foi lançado no outono passado, eu acho.

– É mesmo? Acho que vi no Avco no verão.

– Mas eu assisti a uma exibição sua na MGM.

– Nem chegou a estrear no Avco – alguém diz.

– Acho que vocês estão se referindo a Marco Ferraro – Blair diz.

– Isso mesmo – diz o figurinista. – Marco Ferraro.

– Pensei que tinha morrido de overdose – diz Jared.

– É, *Beastman!* foi ótimo – o aluno de cinema me diz. – Você viu?

Balanço a cabeça afirmativamente de olho em Blair. Não gostei de *Beastman!* e pergunto ao aluno de cinema:

– Não o incomodou o modo como ficavam eliminando personagens do filme sem nenhum motivo?

O aluno de cinema hesita e diz:

– Um pouco, mas isso acontece na vida real...

Olho para a frente, para Blair.

– Quer dizer, acontece, não é?

– Acho que sim. – Ela não olha para mim.

– Marco Ferraro? – pergunta o pai de Blair. – É italiano?

– É um tesão – Kim suspira.

– Completo – Alana concorda.

– É mesmo? – pergunta o diretor, sorrindo, se chegando a Kim. – Quem mais você acha que é... um tesão?

– É, meninas – diz o pai de Blair. – Talvez vocês possam nos fornecer alguns dados.

– Lembrem-se – Jared diz. – Nada de grandes atores. Só um cara com a bunda tão bonita quanto o rosto.

O figurinista concorda com a cabeça e diz:

– Apenas isso.

– Pai, você sabe que ando lhe pedindo para encaixar Adam Ant ou Sting no filme – Blair diz.

– Eu sei, eu sei, querida. Clyde e eu estivemos discutindo isso e se é algo que você quer tanto assim, acho que podemos arranjar a coisa. O que vocês acham de Adam Ant ou Sting em *Star Raiders*? – pergunta para Alana e Kim.

– Eu iria assistir – Kim diz.

– E eu iria assistir duas vezes – Alana diz.

– Eu iria ver em vídeo – Kim acrescenta.

– Concordo com Blair – diz o pai. – Acho que devemos considerar seriamente Adam Ant ou String.

– É Sting, papai.

– Está bem, Sting.

Clyde sorri e olha para Kim:

– É, vamos conseguir o Sting. Que acha disso, belezinha?

Kim fica corada e diz:

– Seria demais.

– Vamos chamá-lo, assim como o Adam, para alguns testes na próxima semana.

– Obrigada, pai – Blair diz.

– Tudo o que você quiser, gatinha.

– É melhor verificar o físico dele antes, Clyde – diz Jared, preocupado.

– Ah, deixe comigo, deixe comigo – Clyde diz, ainda sorrindo para Kim. – Quer estar presente quando fizermos a verificação?

Blair, afinal, olha para mim com certa mágoa e olho para Kim, quase constrangido e, em seguida, zangado.

Kim cora de novo e diz:

– Talvez.

Julian não me ligou depois que lhe dei o dinheiro e no dia seguinte resolvo então ligar para ele. Mas não tenho seu número e ligo para Rip, mas ele não está, um rapazinho jovem me informa, e telefono para o apartamento de Trent e Chris atende e diz que Trent ainda está em Palm Springs e pergunta se sei de alguém que tenha alguma anfetamina. Finalmente ligo para Blair e ela me dá o número do telefone de Julian, e quando vou dizer a ela que sinto muito sobre a noite no After Hours, ela diz que tem que ir e desliga. Disco o número e atende uma garota com uma voz bastante familiar.

– Ele está em Malibu ou em Palm Springs.

– Fazendo o quê?

– Não sei.

– Olha, você pode me dar o número de um desses lugares onde ele está?

– Tudo o que eu sei é que ele está na casa, de Rancho Mirage ou na casa de Colony. – Para, um pouco na dúvida. – Só sei isso. – Uma longa pausa. – Quem está falando? Finn?

– Finn? Não. Só preciso do número.

Outra pausa e, então, um suspiro:

– Está bem, escute. Não sei onde ele está. Ah, que merda... não posso lhe dizer. Quem está falando?

– Clay.

Uma pausa mais longa ainda.

– Ouça – digo –, não lhe diga que liguei. Falo com ele depois.

– Tem certeza?

– Tenho. – Vou desligar.

– Finn?

Desligo.

Naquela noite vou a uma festa na casa de Kim e acabo encontrando um sujeito, Evan, que me diz ser muito amigo de Julian. E, no dia seguinte, quando ele sai da aula, vamos a um McDonald's. São cerca de três horas da tarde, e Evan senta-se em frente a mim.

– Pois é, será que Julian está em Palm Springs?

– Palm Springs é genial – Evan diz.

– É. Sabe se ele está lá?

– Adoro aquele lugar. É a porra do lugar mais bonito do mundo. Talvez você e eu possamos subir lá qualquer dia.

– É, qualquer dia. – Pergunto-me o que significa isso.

– É. É genial. Aspen também. Aspen é o quente.

– Julian está lá?

– Julian?

– É, ouvi falar que é provável que esteja.

– Por que Julian iria estar em Aspen?

Digo que tenho que ir ao banheiro. Evan concorda. Mas na verdade, vou ao telefone e ligo para Trent, que voltou de Palm Springs, e lhe pergunto se viu Julian por lá. Diz que não e que o pó que obteve com Sandy é horrível e que cheirou demais e não consegue passá-lo adiante. Digo a Trent que não consigo encontrar Julian e que estou preocupado e cansado. Pergunta onde estou.

– Num McDonald's em Sherman Oaks – digo.

– É por isso – Trent diz.

Não entendo e desligo.

Rip diz que sempre é possível encontrar alguém no Pages em Encino por volta de uma ou duas horas da madrugada. Rip e eu vamos para lá uma noite, uma vez que o Du-par's está repleto de adolescentes vindos de orgias e garçonetes velhas de calçados ortopédicos e flores lilás presas ao uniforme que ficam dizendo às pessoas para moderarem. Então, Rip e eu vamos ao Pages, e Billy e Rod estão presentes, bem como Simon e Amos e LeDeu e Sophie e Kristy e David. Sophie senta-se conosco e traz LeDeu e David. Sophie conta sobre o show do Vice Squad no Palace e comenta que seu irmão passou-lhe um Mandrix fodido antes do show e que ela dormiu o tempo todo. LeDeu e David estão numa banda chamada Western Survival e os dois parecem calmos e cautelosos. Rip pergunta a Sophie onde anda um indivíduo chamado Boris e ela diz que ele está na casa de Newport. LeDeu tem uma enorme massa de cabelos pretos, muito duros e espetados em todas as direções, e me diz que sempre que vai ao Du-par's, as pessoas se afastam dele. É por essa razão que ele e David sempre vêm ao Pages. Sophie adormece em meu ombro e logo meu braço fica dormente, mas não o movimento porque a cabeça dela está apoiada nele. David está de óculos escuros e uma camiseta do Fear e diz que me viu no réveillon de Kim. Balanço a cabeça e digo que me lembro, apesar dele não ter estado lá.

Falamos da nova música e da situação das bandas de Los Angeles e da chuva, e Rip faz caretas para um casal de velhos mexicanos sentados à nossa frente; arregala-lhes os olhos e desliza seu chapéu de feltro preto por cima do rosto e abre um sorriso. Peço licença e vou ao banheiro. Duas piadas escritas na parede do banheiro do Pages: "Como uma freira fica grávida? É só fodê-la!", "Qual a diferença entre uma garota judia e gelatina? Gelatina mexe quando a gente come". E abaixo das piadas: "Julian chupa bem um pau. E está morto".

Quase todos tinham voltado para casa naquela última semana no deserto. Ficaram apenas meus avós, meus pais e eu. Todas as empregadas tinham ido embora, assim como o jardineiro e o limpador da piscina. Minhas irmãs foram para San Francisco com minha tia e primos. Estávamos todos bem cansados de Palm Springs. Ficamos lá por nove semanas ao todo e, durante as três últimas, não fomos a nenhum outro lugar a não ser ao Rancho Mirage. Não aconteceu muita coisa na última semana. Alguns dias antes de irmos embora, minha avó foi à cidade com minha mãe e comprou uma bolsa azul. Naquela noite meus pais a levaram para uma festa na casa de um diretor. Fiquei no casarão com meu avô, que, antes deles saírem, tomara um porre e apagara. A cachoeira artificial da espaçosa piscina tinha sido desligada e, com exceção da jacuzzi, a própria piscina estava em processo de esvaziamento. Alguém encontrara uma cascavel flutuando no que restara de água no fundo, e meus pais me recomendaram que eu ficasse em casa e não saísse pelo deserto.

Aquela noite estava muito quente e enquanto meu avô dormia comi costeletas que tinham sido trazidas de avião havia dois dias diretamente de um dos hotéis pertencentes a meu avô em Nevada. Vi uma reprise de Além da imaginação *e dei uma volta. Não havia ninguém. As palmeiras tremiam e as luzes da rua brilhavam muito e se alguém olhasse para além da casa em direção ao deserto só veria escuridão. Nenhum carro passava e pensei ter visto uma cascavel deslizar para dentro da garagem. A escuridão, o vento, o farfalhar dos arbustos, a caixa de cigarros vazia na entrada, tudo exercia um efeito soturno sobre mim e corri para o interior da casa, acendi todas as luzes e fui para a cama e adormeci, ouvindo o estranho vento do deserto gemer do lado de fora da janela.*

MADRUGADA de sábado e estamos todos na casa de Kim. Não há muito o que fazer aqui, a não ser beber gim e tônica e vodca com muito suco de lima e assistir a filmes antigos no Betamax. Fico olhando para o retrato da mãe de Blair pendurado sobre o bar na sala de teto alto. Não está acontecendo muita coisa esta noite, a não ser o que Blair ouviu falar que haveria no New Garage do centro da cidade entre a Sexta e a Sétima ou Sétima e Oitava Avenidas e, desse modo, Dimitri e Kim e Alana e Blair e eu resolvemos ir ao centro.

O New Garage é, na verdade, uma boate num estacionamento de quatro andares; o primeiro, o segundo e o terceiro estão desertos e ainda ficam alguns carros estacionados ali de um dia para o outro. A boate funciona no quarto andar. A música é ensurdecedora e há muita gente dançando e o andar inteiro cheira a cerveja e suor e gasolina. Toca o compacto novo do Icicle Works, algumas das Go-Gos estão presentes e um dos Blasters também, e Kim diz que viu John Doe e Exene ao lado do DJ. Alana conversa com alguns ingleses que conhece e que trabalham no Fred Segal. Kim conversa comigo. Diz que não crê que Blair ainda goste tanto de mim. Dou de ombros e olho através de uma janela aberta. De onde estou, vejo pela janela, dentro da noite, o topo dos prédios no setor dos executivos, mergulhado na escuridão, com uma sala iluminada ao acaso. Sobressai uma catedral com uma cruz enorme, quase monolítica, iluminada, no telhado, apontando para a lua; uma lua que se afigura mais redonda e grotescamente amarela do que me recordo já ter visto. Olho para Kim por um instante e não digo nada. Vejo Blair na pista de dança com um rapazinho bonito de dezesseis, dezessete anos, e os dois parecem bem alegres. Kim diz que é uma pena, mas não, ela não fala a sério. Dimitri, alcoolizado e resmungando incoerentemente, cambaleia até nós, e achei que viesse falar alguma coisa com Kim, mas não, ele enfia a mão por uma vidraça, a pele raspando apertada no vidro, e quando tenta puxar a mão, ela fica totalmente cortada, mutilada, e o sangue põe-se a jorrar de maneira desigual, escorrendo viscoso pelo vidro. Depois de o levarmos a um pronto-socorro, vamos a um café na Wilshire e permanecemos ali até as quatro e seguimos para casa.

Estou vendo outro programa religioso, antes de sair com Blair. O homem que fala tem cabelos grisalhos, óculos escuros com lentes tingidas de rosa e um terno de lapelas bem largas e está segurando um microfone. Um Cristo iluminado em neon paira solitário ao fundo. "Você se sente confuso. Você se sente frustrado", ele me diz. "Você não sabe o que está acontecendo. É por isso que você se sente desesperançoso, desiludido. É por isso que você acha que não há saída para essa situação. Mas Jesus virá. Ele virá pelo olho daquela tela de televisão. Jesus colocará uma barreira na estrada da sua vida de modo que você tenha que retornar, e Ele vai fazer isto por você agora. Pai Celestial, Tu irás libertar o cativo. Eles, que estão no cativeiro, ensinai-os. Celebre o Senhor. Que esta seja uma noite de Libertação. Diga a Jesus 'Perdoe-me por meus pecados' e então sentirá o júbilo imensurável. Que seu copo transborde. Em nome de Jesus, Amém... Aleluia!"

Espero algo acontecer. Fico ali por quase uma hora. Nada. Levanto-me, cheiro o resto do pó do meu armário e paro no Polo Lounge para um drinque antes de ir buscar Blair, para quem liguei mais cedo comentando que tinha dois ingressos para um show no Amphitheater. Ela não disse nada a não ser "Vou", eu falei que a pegaria às sete e ela desligou. Digo a mim mesmo, enquanto estou sentado sozinho no bar, que estava para ligar para um dos números que piscavam na parte inferior da tela da TV. Mas percebi que não saberia o que dizer. E me ocorrem sete das palavras que o homem disse: "Que esta seja uma noite de Libertação".

Por algum motivo, essas palavras me vêm à memória quando eu e Blair estamos no Spago depois de termos assistido ao show e é tarde, estamos sentados sozinhos no pátio e Blair suspira e pede um cigarro. Tomamos champanhe-Kirs, mas Blair exagera e quando pede o sexto, comento que ela talvez tenha bebido demais e ela olha para mim e diz: "Estou com calor e com sede e vou pedir a porra que eu quiser".

Estou sentado com Blair numa sorveteria italiana em Westwood. Tomamos sorvete italiano e conversamos.

Blair comenta que esta semana a TV a cabo vai pôr no ar *Invasion of the Body Snatchers*.

– O original? – pergunto, pensando no porquê dela falar desse filme. Começo a fazer ligações paranoicas.

– Não.

– A refilmagem? – pergunto circunspecto.

– É.

– Ah. – Olho de volta para o sorvete, que mal consigo tomar.

– Você sentiu o terremoto? – ela pergunta.

– Como?

– Sentiu o terremoto hoje de manhã?

– Terremoto?

– Sim.

– Hoje de manhã?

– É.

– Não. Não senti.

Pausa.

– Pensei que tivesse.

No estacionamento viro-me para ela e digo:

– Escute, eu sinto muito, de verdade – embora não esteja certo que sinto.

– Não – ela diz. – Tudo bem.

Num sinal fechado na Sunset, aproximo-me dela e a beijo e ela passa a segunda marcha no carro e acelera. O rádio toca uma música que já ouvi cinco vezes hoje, mas que acompanho assim mesmo. Blair acende um cigarro. Passamos por uma mendiga com cabelos imundos e desgrenhados e uma sacola da Bullock's ao lado, cheia de jornais amarelados. Está agachada numa calçada próxima à autopista, o rosto voltado para o céu, os olhos semicerrados, em virtude da claridade do sol. Blair tranca as portas e estamos passando por uma rua lateral à altura dos morros. Não passa um carro sequer. Blair aumenta o volume do rádio. Não vê o coiote. É grande, cinza e marrom, e o carro bate com força nele, quando ele corria para o meio da pista, e Blair grita, tentando seguir em frente, o cigarro caindo dos lábios. Mas o coiote está preso sob as rodas, guinchando, e o carro se move com dificuldade. Blair freia o carro, dá uma ré e desliga o motor. Não quero sair, mas Blair está chorando histericamente, a cabeça enfiada no colo, e acabo saindo e caminho devagar até o coiote. Está deitado de lado, tentando abanar o rabo. Os olhos estão arregalados e têm um ar assustado e vejo-o começar a morrer sob o sol, o sangue escorrendo da boca. Todas as suas patas estão esmagadas e seu corpo passa a se convulsionar e noto a poça de sangue se formando na cabeça. Blair grita por mim, e a ignoro e observo o coiote. Fico dez minutos ali. Não passa um carro sequer. O coiote estremece e arqueia o corpo três, quatro vezes, e então seus olhos ficam brancos. Moscas começam a convergir, pairando sobre o sangue e a película dos olhos secando. Volto ao carro e Blair sai dirigindo e quando chegamos à sua casa, ela liga a TV e acho que toma Valium ou Thorazine e vamos os dois para a cama enquanto começa *Another World.*

E na festa de Kim naquela noite, enquanto todos jogam Quarters e se embebedam, Blair e eu sentamos num sofá da sala e ouvimos um disco velho do XTC, e ela sugere que nos dirijamos para a casa de hóspedes e nos levantamos, deixamos a sala e passamos pela piscina iluminada. Ao entrarmos, beijamo-nos impetuosamente, e eu jamais a quis tanto como naquele momento, e ela agarra minhas costas e me aperta contra ela com tamanha força, que perco o equilíbrio e ambos caímos, lentamente, de joelhos, e as suas mãos se enfiam dentro da minha camisa, de modo que posso senti-las macias e frescas no peito, e a beijo, passo a língua no seu pescoço e depois pelo seu cabelo, que cheira a jasmim, e roço-me nela e descemos nossas calças e tocamos um no outro e esfrego minha mão por dentro de sua calcinha; quando a penetro muito rapidamente, ela aspira de forma brusca e tento ficar bem sereno.

ESTOU sentado no Trump's com meu pai. Ele comprou uma Ferrari nova e passou a usar um chapéu de vaqueiro. Não fica de chapéu no Trump's, graças a Deus. Quer que eu me consulte com seu astrólogo e me aconselha a comprar o Leo Astroscope para o ano que entra.

– Vou comprar.

– Essas vibrações planetárias agem sobre o corpo de maneira estranha.

– Eu sei.

A janela perto da qual sentamos está aberta e levo a taça de champanhe à boca e fecho os olhos e deixo o cabelo ser suavemente eriçado pelos ventos quentes e viro a cabeça e olho em direção às montanhas. Um executivo passa pela mesa. Eu tinha pedido à minha mãe para vir, mas ela disse que estava ocupada. Estava deitada à beira da piscina lendo *Glamour*.

– Só para alguns drinques – eu disse.

– Não quero ir ao Trump's "só para alguns drinques".

Suspirei, não disse nada.

– Não quero ir a lugar nenhum.

Uma de minhas irmãs, deitada perto dela, deu de ombros e pôs os óculos escuros.

– De qualquer modo, assinei o canal ON para a TV a cabo – ela disse, aborrecida, quando deixei a piscina.

O executivo se retira. Meu pai não conversa muito. Tento puxar assunto. Conto sobre o coiote que Blair atropelou. Ele diz que isso é chato. Fica olhando pela janela, admirando a Ferrari vermelho-hidrante. Pergunta-me se estou ansioso por voltar a New Hampshire e olho para ele e digo que estou.

ACORDEI com o som de vozes do lado de fora. O diretor que ofereceu a festa, à qual meus pais levaram minha avó na noite anterior, estava sentado à mesa lá fora, sob o guarda-sol, fazendo um lanche. A mulher do diretor sentada a seu lado. Minha avó estava com um bom aspecto, sob a sombra do guarda-sol. O diretor começou a falar sobre a morte de um dublê em um de seus filmes. Contou como ele errou um passo. Como mergulhou de cabeça no calçamento.

– Era um rapaz formidável. Tinha apenas dezoito anos.

Meu pai abriu outra cerveja.

Meu avô olhou para baixo, triste:

– Qual era o nome dele?

– O quê? – o diretor se assustou.

– Qual era o nome dele? Qual o nome do rapaz?

Houve um longo silêncio, e eu podia sentir apenas a brisa do deserto e ouvir o ruído do aquecedor da jacuzzi, a piscina se esvaziando e Frank Sinatra cantando "Summer Wind" e rezei para que o diretor se lembrasse do nome. Por alguma razão, parecia importante para mim. Queria muito que ele dissesse o nome. O diretor abriu a boca e falou: "Esqueci".

Do almoço com meu pai, vou para a casa de Daniel. A empregada atende à porta e me leva aos fundos, onde a mãe de Daniel, que conheci no Dia de Confraternização com os Pais em Camden, em New Hampshire, está jogando tênis, de biquíni, o corpo lubrificado de bronzeador. Para de jogar com a máquina e vem ao meu encontro e fala sobre o Japão e Aspen e sobre um sonho estranho que teve uma noite, no qual Daniel era sequestrado. Senta-se numa espreguiçadeira perto da piscina e a empregada traz-lhe chá gelado, a mãe de Daniel pega o limão e chupa enquanto observa um rapaz louro recolhendo folhas da piscina, e me diz que está com enxaqueca e que há dias que não vê Daniel. Entro na casa e subo as escadas e passo pelo pôster do filme novo do pai de Daniel e ponho-me a esperar por Daniel em seu quarto. Quando se torna evidente que ele não vai voltar, entro no carro e vou apanhar meu colete na casa de Kim.

A primeira coisa que ouço quando entro são gritos. A empregada parece nem se importar e volta para a cozinha depois de abrir a porta pra mim. A casa ainda continua sem mobília e, andando até a piscina, passo pelos vasos nazistas. É Muriel quem grita. Quando chego onde ela está, deitada com Kim e Dimitri à beira da piscina, ela para. Dimitri está com um calção Speedo preto e um sombrero e segura um violão, tentando tocar "L. A. Woman", mas não consegue tocar legal, pois o curativo em sua mão foi trocado há pouco, a mão que se retalhou no New Garage, e toda vez que ele dedilha as cordas, seu rosto se contrai. Muriel grita de novo. Kim está fumando um baseado e, afinal, repara em mim e se levanta e diz que pensava que a mãe estivesse na Inglaterra, mas acabou de ler no *Variety* que ela está, na verdade, no Havaí selecionando locações com o diretor do seu próximo filme.

– Você deveria ter ligado antes de aparecer – Kim diz, passando o baseado para Dimitri.

– Tentei, mas ninguém atendeu – minto, percebendo que, provavelmente, ninguém teria atendido se eu tivesse ligado.

Muriel grita e Kim olha para ela, perturbada, e diz:

– Bem, pode ser que você tenha ligado para os números que mandei desligar.

– Pode ser. Desculpe-me. Só vim buscar meu colete.

– Bem, eu só... dessa vez tudo bem, mas não gosto de gente pintando sem avisar. Há alguém entregando aos outros onde eu moro. Não curto.

– Sinto muito.

– Sabe, eu gostava que as pessoas aparecessem, mas agora não aguento. Não dá para aturar.

– Quando vai voltar para a escola? – pergunto enquanto vamos para o seu quarto.

– Não sei. – Ela fica na defensiva. – Já começaram as aulas?

Entramos no quarto. Há apenas um colchão grande no chão e uma aparelhagem de som imensa e cara, que ocupa uma parede inteira, um pôster de Peter Gabriel e uma pilha de roupas no canto. Há também as fotos tiradas na sua festa de réveillon pregadas acima do colchão. Vejo uma de Muriel tomando uma picada, usando meu colete, eu assistindo. Outra minha em pé na sala vestido apenas com o jeans e a camiseta, tentando abrir uma garrafa de champanhe, com uma cara totalmente ensandecida. Outra de Blair acendendo um cigarro. Uma de Spit, abatido, debaixo da bandeira. Lá fora, Muriel berra e Dimitri continua tentando tocar o violão.

– O que andou fazendo? – pergunto.

– O que andou fazendo? – ela retribui a pergunta.

Não digo nada.

Ela ergue o olhar, desnorteada:

– Vamos, Clay, conte. – Procura pela pilha de roupa. – Você deve andar fazendo alguma coisa.

– Ah, não sei.

– O que você faz? – ela pergunta.

– Coisas, eu acho. – Sento no colchão.

– Que tipo de coisas?

– Não sei. Coisas. – Minha voz falha e por um instante penso no coiote e acho que vou chorar, mas a sensação passa e só quero pegar meu colete e ir embora.

– Por exemplo?

– O que sua mãe está fazendo?

– Narrando um documentário sobre adolescentes com paralisia cerebral. Você faz o quê, Clay?

Alguém rabiscou o alfabeto na parede. Talvez Spit ou Jeff ou Dimitri. Tento me concentrar nisso, mas noto que a maioria das letras está fora de ordem e pergunto:

– O que mais sua mãe faz?

– Vai fazer o tal filme no Havaí. E você faz o quê?

– Você falou com ela?

– Não me pergunte sobre minha mãe.

– Por que não?

– Não fale disso.

– Por que não? – pergunto de novo.

Ela acha o colete:

– Tome.

– Por que não?

– Você faz o quê? – ela diz, me estendendo o colete.

– Você faz o quê?

– E você faz o quê? – ela pergunta, a voz tremendo. – Não faça perguntas por favor. Está bem, Clay?

– Por que não?

Ela se senta no colchão depois que eu me levanto. Muriel grita.

– Porque... não sei – ela suspira.

Olho para ela e não sinto nada e saio com meu colete.

Rip e eu estamos sentados na Gravadora A.R.E. na Wilshire. Um executivo encarregado do Departamento de Promoções está descolando um pó com Rip. O executivo tem vinte e dois anos de idade e cabelos louro-platinados e está todo de branco. Rip quer saber o que pode arrumar para ele.

– Tô a fim de cocaína – diz o cara.

– Ótimo – Rip diz, abrindo o bolso do seu casaco Parachute.

– Está um dia bonito lá fora.

– É, está ótimo – Rip diz.

– Ótimo – eu repito.

Rip indaga ao sujeito se ele não consegue uma credencial para o show dos Fleshtones.

– Claro – entrega dois envelopes a Rip.

Rip diz que vai conversar com ele mais tarde, uma hora qualquer, e lhe entrega um envelope.

– Grande – diz o sujeito.

Rip e eu nos levantamos e Rip pergunta:

– Tem visto Julian?

O sujeito está sentado atrás de uma grande escrivaninha e pega o telefone e diz a Rip para aguardar um instante.

Ele não fala nada ao telefone. Rip se encosta na escrivaninha e pega uma fita genial de um novo grupo inglês. O cara desliga o telefone e Rip me passa a fita. Dou uma olhada e a recoloco na escrivaninha de vidro. O sujeito sorri e diz a Rip que os dois precisam almoçar um dia.

– E Julian? – Rip pergunta.

– Não sei – diz o executivo encarregado do Departamento de Promoções.

– Muito obrigado – Rip pisca pra ele.

– Legal, valeu, garotão – diz o sujeito, recostando-se na cadeira, virando os olhos para cima lentamente.

Trent me telefona enquanto Blair e Daniel estão em minha casa e nos convida para uma festa em Malibu; comenta alguma coisa sobre X aparecer lá. Blair e Daniel aprovam a ideia e, apesar de eu não estar querendo nada com festas nem estar com muita vontade de ir ver Trent, o dia está radioso o suficiente para Malibu se tornar uma ideia simpática. Daniel quer ir de qualquer maneira para ver quais as casas que foram destroçadas pelas tempestades. Descendo a Pacific Coast Highway, tomo o maior cuidado para não correr, e Blair e Daniel tagarelam sobre o novo álbum do U2 e, quando toca a música nova das Go-Gos, eles me pedem para aumentar o volume e cantar junto, meio a sério, meio de gozação. O clima fica mais fresco ao nos aproximarmos do mar e o céu se torna um pouco roxo, acinzentado, e passamos por uma ambulância e dois carros de polícia parados no acostamento, enquanto nos encaminhamos para a escuridão de Malibu, e Daniel estica o pescoço para dar uma olhada e diminuo a velocidade. Blair diz que desconfia que estão procurando um acidente, uma batida, e nós três ficamos calados por algum tempo.

X não está na festa em Malibu. Nem há muitas pessoas. Trent atende à porta de bermuda e conta que ele e um amigo estão usando a casa de um conhecido enquanto ele está em Aspen. Trent, aparentemente, vem muito aqui, assim como muitos dos seus amigos, em sua maioria modelos louros e bonitões como Trent, e ele pede que nos sirvamos de bebida e comida, e volta à jacuzzi e se alonga, se estica sob o céu, que escurece. Em torno da casa, quase que só há rapazinhos, que parecem estar em todos os cômodos e são idênticos entre si: corpos magros, bronzeados, cabelos louros e curtos, expressões vazias nos olhos azuis, as mesmas vozes desprovidas de tom, e me ponho a imaginar se me assemelho a eles. Tento esquecer tal coisa e conseguir uma bebida e passar o olhar pela sala. Dois sujeitos jogam Ms. Pac Man. Outro, deitado num sofá superestofado, fuma um baseado e assiste à MTV. Um dos que estão jogando Ms. Pac Man dá um grito e golpeia o aparelho, com violência.

Há dois cães correndo pela praia vazia. Um dos louros chama por eles: "Hanoi, Saigon, venham aqui", e os cães, ambos Dobermans, saltam graciosamente sobre o deck. O louro faz afagos neles e Trent sorri, e começa a reclamar do serviço no Spago. O sujeito que socou o Atari se aproxima e encara Trent.

– Preciso das chaves da Ferrari. Vou buscar mais bebida. Sabe onde estão os cartões de crédito?

– Mande pôr na conta – Trent diz, cansado. – E traga muita tônica, está bem, Chuck?

– As chaves?

– Estão no carro.

– Certo.

O sol começa a penetrar através das nuvens e o rapaz com os Dobermans senta-se ao lado de Trent e resolve conversar conosco. Tenho a impressão de que ele também é modelo e está tentando entrar para o meio cinematográfico, como Trent. Mas a única coisa que seu agente arrumou foi um anúncio da Carl's Jr.

– Ei, Trent, está passando, cara – um garoto grita de dentro da casa.

Trent me cutuca no ombro e pisca para mim, e afirma que eu tenho que ver uma coisa; chama Blair e Daniel para verem também. Entramos na casa e descemos por um corredor e chegamos ao que imagino ser o quarto principal, e há cerca de dez sujeitos dentro dele, além de nós quatro e os dois cães, que nos seguiram para o interior da casa. Todos estão atentos a um telão. Também olho para ele.

No telão, vê-se uma menina nua, de cerca de quinze anos, numa cama, os braços amarrados na cabeceira e as pernas abertas, cada pé amarrado a um canto inferior da cama. Está deitada sobre o que parece serem jornais. O filme é preto e branco e está bem sambado, tornando-se difícil precisar sobre o que ela está deitada, mas parecem jornais. A câmera corta rápido para um jovem de dezesseis anos, talvez dezessete, esquelético, nu, de expressão assustada, sendo empurrado para o quarto adentro por um negro obeso, que também está despido, com o pênis endurecido. O rapaz olha para a câmera por um tempo incomodamente longo, com o pânico estampado no rosto. O negro amarra-o no chão, e me questiono o porquê da serra elétrica no canto do quarto, no fundo, e, então, tem relações com ele e, em seguida, com a menina, e sai do campo de visão da tela. Quando volta, carrega uma caixa. Parece uma caixa de ferramentas, e fico confuso por um instante, e Blair deixa o quarto. E ele tira de dentro da caixa um furador de gelo, algo que é semelhante a um cabide, um saco de pregos e uma faca fina e comprida e se aproxima da menina, e Daniel me cutuca nas costelas. Saio depressa, enquanto o negro tenta enfiar um prego no pescoço da menina.

Sento-me ao sol e acendo um cigarro, tentando me tranquilizar. Contudo, alguém aumentou o volume e, assim, vou me sentar no deck, de onde sou capaz de ouvir as ondas e os gritos das gaivotas e, também, o zumbir dos fios de telefone, e sentir o sol batendo em mim, e escuto as árvores sussurrando ao vento quente e os berros de uma menina vindo do telão no quarto. Trent vem para fora por volta de vinte, trinta minutos depois, quando acabou a gritaria da menina e do rapaz, e reparo que ele está com o pau duro. Ajeita-se e senta-se perto de mim.

– Cara, você pagou quinze mil por isso?

Os dois que jogavam Ms. Pac Man saem para o deck, trazendo bebidas, e um comenta com Trent que não acha o filme verossímil, apesar da cena da serra elétrica ter sido intensa.

– Aposto que é real – Trent diz, meio na defensiva. Encosto na cadeira e observo Blair caminhando pela praia.

– É, também acho que é real – o outro fala, entrando na jacuzzi. – Tem que ser.

– É? – Trent pergunta, com um pouco de esperança.

– Quer dizer, como se encena uma castração? Cortaram o saco daquele sujeito bem devagar. Não é possível que uma coisa dessas seja encenação.

Trent concorda com a cabeça e pensa um pouco a respeito e Daniel sai da casa, sorrindo, o rosto rubro, e eu me estico ao sol.

West, um dos secretários particulares de meu avô, veio aquela tarde. Era um pouco corcunda, usava uma gravata fina e um paletó com o emblema de um dos hotéis do meu avô nas costas e distribuía chicletes Beechnut de alcaçuz. Falou sobre o calor e a viagem de avião no jato Lear. Veio com Wilson, outro dos assessores de meu avô, que usava um boné de beisebol vermelho e carregava recortes, mostrando como tinha estado o clima em Nevada nos últimos dois meses. Os homens ficavam sentados falando de beisebol e tomavam cerveja, e minha avó sentava-se ali, a blusa pendendo flácida do corpo esquálido, echarpe azul e amarela apertada no pescoço.

Trent e eu estamos circulando por Westwood e ele está me contando como o sujeito voltou de Aspen e expulsou todo mundo da casa em Malibu, daí Trent vai ficar com uma pessoa no Valley por uns tempos, depois vai para Nova York participar das filmagens de algumas cenas. E quando pergunto que tipo de cenas, encolhe os ombros e responde: "Cenas, cara, cenas". Menciona que está louco para voltar a Malibu, que sente falta da praia. Pergunta se quero cheirar algumas carreiras. Digo que sim, mas não no momento. Trent agarra meu braço com força e me pergunta: "Por que não?".

– Espere um pouco, Trent. Meu nariz está fodido.

– Tudo bem. Com isso vai melhorar. Vamos ao andar superior do Hamburger Hamlet.

Olho para Trent.

Trent olha para mim.

Demora apenas cinco minutos e, quando voltamos para a rua, não me sinto muito melhor que antes. Trent afirma que ele sim e quer ir ao fliperama do outro lado da rua. Diz, também, que Sylvan, da França, morreu sexta-feira de overdose. Retruco que não sei quem é Sylvan. Faz um gesto de que não se importa.

– Já tomou pico? – pergunta.

– Se já tomei picada?

– É.

– Não.

– Ih, garoto – diz de modo sinistro.

Quando chegamos ao seu carro, a Ferrari de algum amigo, meu nariz está sangrando.

– Tenho que lhe arrumar um Decadron ou Celestone. Combatem a inchação das vias nasais bloqueadas – ele diz.

– Onde você descobriu isso? – pergunto, meus dedos e um lenço de papel cobertos de muco, de sangue. – Onde você descobriu essa merda?

Um silêncio enorme se abate e ele liga o carro e fala:

– Está falando sério?

Minha avó passou mal naquela tarde. Começara a tossir sangue. Já havia um princípio de calvície e perda de peso como consequências do câncer no pâncreas. Mais tarde, naquela noite, com a minha avó sobre o leito, os outros continuaram suas conversas, falando sobre o México e touradas e filmes ruins. Meu avô cortou o dedo abrindo uma cerveja. Encomendar a comida de um restaurante italiano na cidade, que foi entregue por um sujeito com um remendo no jeans onde estava escrito "Aerosmith Live". Minha avó desceu. Estava se sentindo um pouco melhor. Mas não comeu nada. Sentei ao seu lado, e meu avô fez uma mágica com dois dólares de prata. "Viu aquilo, vovó?", perguntei. Acanhado demais para olhar em seus olhos descorados. "Sim. Eu vi", ela disse, e tentou sorrir.

Estou pronto para dormir, mas Alana passa sem avisar e a empregada manda-a entrar e ela bate na minha porta, e espero um bom tempo antes de abrir. Ela andou chorando e entra, se senta na minha cama e comenta algo sobre um aborto e começa a rir. Não sei o que falar, como lidar com a situação, e digo que sinto muito. Ela se levanta e vai até a janela.

– Sente? Pelo quê? – Acende um cigarro, mas não consegue fumá-lo e o apaga.

– Não sei.

– Bem, Clay... – Ri e olha pela janela e, por um momento, penso que ela vai chorar. Estou perto da porta e olho para o pôster de Elvis Costello, para os seus olhos, observando-a, observando-nos, e tento afastá-la disso, dizendo para ela ficar mais próxima, sentar aqui, e ela imagina que quero abraçá-la ou coisa parecida e vem para onde estou e envolve com os braços minhas costas e diz algo como: "Acho que todos perdemos toda espécie de sentimentos".

– Era de Julian? – pergunto, me tornando tenso.

– De Julian? Não, não era. Você não o conhece.

Acaba adormecendo e desço, saio, sento-me ao lado da jacuzzi, olhando para a água iluminada, o vapor subindo, me esquentando.

Deixo a piscina logo antes do amanhecer e volto ao quarto. Alana está em pé na janela fumando um cigarro e olhando o Valley. Conta que sangrou muito na noite passada e que se sente fraca. Vamos tomar café em Encino, e ela mantém os óculos escuros no rosto e bebe muito suco de laranja. Quando voltamos para minha casa, sai do carro e diz: "Obrigada".

– Pelo quê?

– Não sei – responde, após algum tempo.

Entra no carro e vai embora.

Quando dou a descarga no banheiro, a privada se entope com lenços de papel, e o sangue turva a água e fecho a tampa, não há mais nada que eu possa fazer.

MAIS tarde, nesse mesmo dia, passo na casa de Daniel. Ele está sentado no quarto jogando Atari. Não tem uma aparência muito boa, está queimado a ponto de arder, é mais jovem do que me lembro dele em New Hampshire, e, quando lhe falo alguma coisa, repete uma parte do que digo e balança a cabeça. Indago se recebeu a carta de Camden, solicitando a informação sobre quais matérias vai cursar no semestre próximo, e ele tira o cartucho de Pitfall e coloca um chamado Megamania. Fica esfregando a boca e, quando percebo que não vai me responder, pergunto o que anda fazendo.

– O que ando fazendo?

– É.

– Circulando.

– Circulando onde?

– Onde? Por aí. Passe para mim aquele baseado sobre o criado-mudo.

Pego para ele o baseado e uma caixa de fósforos do Ginger Man. Ele acende e volta a jogar Megamania. Ele me dá o baseado e o acendo outra vez. Coisas amarelas caem sobre o boneco de Daniel no vídeo. Daniel se põe a me falar de uma menina que conhece. Não diz o nome.

– Ela é bonita e tem dezesseis anos e mora por aqui e em certos dias ela vai ao Westward Ho, no Westwood Boulevard, e lá se encontra com o seu traficante. Esse rapaz de dezessete anos da Uni. Ele passa o dia inteiro entupindo-a com heroína, entupindo-a com heroína...

Daniel erra na hora de escapulir de uma das coisas amarelas que caem e seu boneco é atingido e se dissolve na tela. Ele suspira e continua:

– E ele lhe dá um ácido e a leva para uma festa nas montanhas ou no Colony e então... e então... – Daniel para.

– E então o quê? – devolvo o baseado.

– E então ela é estuprada por todo o pessoal da festa.

– Ah.

– O que você acha?

– Que... é deprimente.

– Boa ideia para um roteiro?

Pausa.

– Roteiro.

– É. Roteiro.

– Não estou bem certo.

Ele para de brincar com o Megamania e põe outro cartucho, Donkey Kong.

– Não acho que eu vá voltar para a escola. Para New Hampshire.

Depois de alguns momentos pergunto por quê.

– Não sei. – Para, acende o baseado outra vez. – Não sinto como se já tivesse estado lá. – Encolhe os ombros, suga o baseado. – Sinto como se estivesse estado sempre aqui. – Passa-me o baseado. Sacudo a cabeça, negativamente.

– Então não vai voltar?

– Vou escrever esse roteiro, sabe.

– Mas o que seus pais acham?

– Meus pais? Eles não ligam. Os seus ligam?

– Devem pensar alguma coisa.

– Foram passar o mês em Barbados e vão para ahn... merda... não sei... Versalhes? Não sei. Eles não ligam – repete.

Digo:

– Acho que você deveria voltar.

– Eu realmente não vejo sentido – fala Daniel, sem tirar os olhos da tela, e passo a me questionar sobre o sentido, se é que chegamos a saber qual era. Daniel, finalmente, se levanta e desliga a televisão e olha através da janela. – Vento esquisito hoje. Forte demais.

– E Vanden? – pergunto.

– Quem?

– Vanden. Que coisa, Daniel. Vanden.

– Ela pode não voltar – diz, se sentando.

– Mas também pode.

– Quem é Vanden?

Dirijo-me à janela e anuncio que vou embora daqui a cinco dias. Há revistas jogadas na beira da piscina e o vento as movimenta, faz com que elas voem pelo concreto que contorna a piscina. Uma revista cai na água. Daniel não fala nada. Antes de sair olho para ele, acendendo outro baseado, para a cicatriz em seu dedo polegar, e me sinto melhor, por algum motivo.

ESTOU numa cabine telefônica em Beverly Hills.

– Alô? – meu analista atende.

– Olá. Aqui é Clay.

– Sim, ah, olá, Clay. Onde você está?

– Numa cabine em Beverly Hills.

– Vai vir hoje?

– Não.

Pausa.

– Sei. Uhn, por que não?

– Não acho que você esteja me ajudando tanto assim.

Outra pausa.

– É essa a razão verdadeira?

– O quê?

– Escute, por que você...

– Esqueça.

– Em que lugar de Beverly Hills você está?

– Não vou me encontrar com você mais, eu acho.

– Acho que vou ligar para sua mãe.

– Vá em frente. Não me importo. Mas não vou voltar, está bem?

– Ora, Clay. Não sei o que dizer, e concordo que tem sido difícil. Oh, rapaz, todos nós temos...

– Vá te foder.

Na manhã do último dia, West acordou cedo. Estava vestido com o mesmo paletó e a mesma gravata fina, e Wilson usava o mesmo boné vermelho. West me ofereceu outro chiclete Bazooka e me disse que um chiclete faz virar gilete e, então, peguei dois. Perguntou-me se todos estávamos prontos e eu disse que não sabia. A mulher do diretor passou para contar que estavam voando para Las Vegas para passar o fim de semana. Minha avó estava tomando Percodan. Saímos no Cadillac para o aeroporto. No início da tarde, o momento de subir no avião e deixar o deserto chegou, afinal. Nada foi dito no saguão vazio do aeroporto, até que meu avô se virou e olhou para minha avó e falou: "Muito bem, parceira, vamos". Minha avó morreu dois meses depois num leito enorme de um quarto vazio de hospital nos arredores do deserto.

Desde aquele verão, tenho me recordado de minha avó de diversas maneiras. Lembro-me de jogar baralho com ela e de sentar em seu colo nos aviões e do modo como ela se afastou devagar do meu avô em uma das festas de um dos seus hotéis quando ele tentou dar-lhe um beijo. E lembro-me dela hospedada no Hotel Bel Air me dando balas de menta verdes e cor-de-rosa, e no La Scala, no meio da noite tomando vinho tinto, cantarolando "On the Sunny Side of the Street" para si mesma.

Quando dou por mim estou diante do portão da minha escola primária. Não me lembro se esse gramado e essas flores, buganvílias, acho, estavam aqui quando eu frequentava o lugar; e o asfalto que rodeava o prédio da administração foi substituído por árvores, e as árvores, mortas e pendendo molengas por sobre a cerca perto da guarita da segurança, não estão mais mortas; todo o estacionamento foi recoberto por igual com asfalto preto, novo. Também não me lembro de uma placa grande e amarela onde se lê: "Cuidado. Não entre. Cães de guarda patrulhando", pendendo do portão de entrada, visível do meu carro, estacionado na rua em frente à escola. Uma vez que as aulas de hoje terminaram, resolvo caminhar pela escola.

Ando até o portão e hesito um instante antes de entrar, quase dando meia-volta. Mas não. Passo pelo portão, pensando que essa é a primeira tarde, em muito tempo, que volto aqui e caminho pela escola. Acompanho três crianças subindo num trepa-trepa perto da entrada e vejo duas ex-professoras minhas da primeira ou da segunda série, mas não me dirijo a elas. Prefiro olhar pela janela de uma sala de aula, onde uma menininha pinta um retrato da cidade. De onde estou, posso ouvir o coral ensaiando na sala ao lado daquela em que a menininha está pintando, cantando músicas que eu tinha esquecido que existiam, como "Itsy Bitsy Spider" e "Little White Duck".

Eu costumava passar com constância pela escola. A cada vez que levava minhas irmãs ao colégio, de carro, fazia questão de passar por ela e via de relance as criancinhas entrando em ônibus amarelos com frisos pretos, e as professoras rindo umas para as outras no estacionamento antes do início das aulas. Acho que ninguém que frequentou essa escola passa por aqui ou desce para dar uma olhada, já que nunca vi uma pessoa de quem me lembrasse. Um dia, vi um rapaz que estudou comigo, creio que na primeira série, em pé junto à cerca, sozinho, dedos agarrados à grade e olhar perdido, e comentei comigo mesmo que ele devia morar pelas redondezas ou coisa que o valha, e por isso estava ali sozinho, como eu.

Acendo um cigarro e me sento num banco e reparo em dois telefones públicos, e me vem à memória a época em que eles não existiam. Algumas mães vêm pegar seus filhos na escola e as crianças, ao verem-nas, correm pelo terreno para os seus braços e a visão das crianças correndo pelo asfalto faz com que eu me sinta em paz, sem vontade de me levantar do banco. Mas logo me vejo entrando num barraco velho, e estou certo de que é aqui o local da minha sala de terceira série. O barraco está em vias de ser derrubado. Ao lado do barraco abandonado se encontra a velha lanchonete que agora está vazia e também prestes a ser derrubada. A pintura nos dois locais está desbotada por toda parte e descascando, em manchas enormes de verde pálido.

Vou até outro barraco, cuja porta está aberta, e entro nele. O dever de casa do dia está passado no quadro-negro e leio com atenção, ando até os armários, mas não descubro o meu. Não me lembro qual era. Vou ao banheiro dos meninos e aperto a torneira do sabonete. Pego uma revista amarelada no auditório e dedilho algumas teclas de um piano. Eu toquei piano, esse mesmo piano, num recital de Natal na segunda série, e tiro alguns acordes da música que toquei e eles ressoam, ecoam pelo auditório vazio. Entro em pânico por alguma razão e deixo o local. Do lado de fora dois meninos jogam handball. Um jogo que esqueci. Afasto-me da escola sem olhar para trás, e entro no carro e vou embora.

Encontro-me com Julian neste mesmo dia num fliperama velho e dilapidado no Boulevard Westwood. Está jogando Space Invaders e, quando chego, mantenho-me em pé ao seu lado. Julian parece cansado e fala lentamente, e pergunto por onde ele tem andado e ele responde que por aí, pergunto, ainda, pelo dinheiro, dizendo que logo vou partir. Julian me informa que houve alguns problemas, mas se eu for com ele à casa de um cara, pode me devolver a grana.

– Que cara é esse? – indago.

– Esse cara é... – Julian se interrompe e destrói uma fileira inteira de Space Invaders. – Esse cara é um conhecido meu. Vai lhe entregar seu dinheiro. – Julian perde um guerreiro, resmunga alguma coisa.

– Por que você não pega com ele? E depois você traz para mim.

Julian desgruda os olhos do jogo e os posta em mim.

– Aguenta aí – diz, e deixa o fliperama. Quando volta, avisa que se eu quiser o dinheiro vou ter que ir com ele, agora.

– Não estou muito disposto.

– Até mais, Clay.

– Espere...

– O que há? Você quer vir ou não? Você quer a sua grana ou não?

– Por que tem que ser desse jeito?

– Porque sim – é tudo o que diz.

– Não há algum outro jeito de acertarmos esse negócio?

Pausa.

– Julian?

– Você quer sua grana ou não?

– Julian.

– Você quer sua grana ou não, Clay?

– Quero.

– Então, pronto, vamos nessa.

Deixamos o fliperama.

O APARTAMENTO de Finn fica no Boulevard Wilshire, não muito longe da cobertura de Rip. Julian diz que conhece Finn há seis ou sete meses, mas, pela sua expressão facial, imagino que frequenta o apartamento de Finn por muito mais tempo, um tempo muito maior. O vigia do estacionamento conhece seu carro e o deixa estacionar na área de Carga e Descarga. Julian cumprimenta um porteiro sentado num sofá. Para chegar à residência de Finn, tomamos o elevador e Julian aperta o C de Cobertura. O elevador está vazio e Julian começa a cantar muito alto uma música antiga dos Beach Boys, e encosto na parede do elevador e respiro fundo quando ele para. Posso ver meu reflexo, cabelo louro curto demais, um forte bronzeado, óculos escuros.

Cruzamos a escuridão do corredor para chegar à porta de Finn e Julian toca a campainha. A porta é aberta por um rapaz de prováveis quinze anos, cabelo parafinado e corpo bronzeado tal como a maioria dos surfistas de Venice ou Malibu. Ele está só de calção, de cor cinza, e o reconheço como o sujeito que deixava o apartamento de Rip no dia em que eu iria me encontrar com ele no Café Casino, e ele nos encara com má vontade quando entramos. Passam-me pela cabeça estas duas hipóteses: se este é Finn ou se o tal surfista é uma transa de Finn, e este pensamento me deixa tenso e contrai um pouco meu estômago. Julian sabe onde fica o "escritório" de Finn, onde ele opera seus negócios. Começo a ficar desconfiado, por algum motivo, e nervoso. Julian chega a uma porta branca e a abre e ambos entramos numa sala toda branca, totalmente desprovida de objetos, complementada por janelas do chão ao teto e espelhos no teto, e uma sensação de vertigem me invade e quase perco o equilíbrio. Noto que é possível ver a cobertura do meu pai em Century City e entro em paranoia e ponho-me a pensar na probabilidade de meu pai me ver.

– Ei, ei, ei. É meu melhor garoto. – Finn está sentado atrás de uma escrivaninha imensa e tem uns vinte e cinco a trinta anos, louro, bronzeado, aspecto nada notável. A escrivaninha está vazia, com exceção de um telefone e um envelope com o nome de Finn e dois frascos de prata. A única coisa a mais sobre a escrivaninha é um peso de papel de vidro com um peixinho preso dentro, olhos fitando desamparadamente, quase como se ele implorasse para ser solto, e começo a pensar: "se o peixe já está morto, isso ainda importa?".

– Quem é esse? – Finn pergunta, sorrindo para mim.

– Um amigo meu. Seu nome é Clay. Clay, este é Finn – Julian encolhe os ombros, distraído.

Finn me inspeciona e sorri de novo, e, então, se vira para Julian.

– Como foram as coisas ontem à noite? – pergunta, ainda sorrindo.

Julian hesita e diz:

– Foram bem – e olha para o chão.

– Bem? Só isso? Jason me telefonou hoje e disse que você foi fantástico. Realmente o máximo.

– É mesmo?

– É. Mesmo. Ele tem você na mais alta conta.

Passo a me sentir fraco, ando pela sala, reviro os bolsos à procura de um cigarro.

Outra pausa e Julian tosse.

– Bem, garoto, se você não estiver muito ocupado hoje, há um encontro marcado às quatro no Saint Marquis com um homem de negócios que visita a cidade. E então esta noite na festa de Eddie, está bem?

Finn fita Julian e depois olha para mim.

– Sabe de uma coisa? – Tamborila os dedos na mesa. – Trazer seu amigo aqui pode ter sido uma boa ideia. O sujeito do Saint Marquis quer dois rapazes. Um só para assistir, é claro, mas Jan saiu para o Colony e talvez não volte...

Olho para Finn e para Julian em seguida.

– Não, Finn. É um amigo – Julian diz. – Devo uma grana a ele. Por isso o trouxe aqui.

– Ouça, eu posso esperar – digo, percebendo, de alguma forma, que é tarde demais e a adrenalina começa a agitar-se pelo meu corpo.

– Por que não vão os dois? – Finn diz, me observando. – Julian, leve seu amigo.

– Não, Finn. Não ponha mais ninguém nisso.

– Escute, Julian – Finn diz, sem sorrir mais, enunciando cada palavra com clareza. – Eu disse, acho que você e seu amigo devem ir ao Saint Marquis às quatro, está bem? – Finn volta-se para mim: – Quer seu dinheiro, certo?

Sacudo a cabeça, não.

– Não quer? – pergunta, incrédulo.

– Sim. Quero dizer, sim, eu... quero. Claro.

Finn vira-se para Julian e de novo para mim:

– Está se sentindo bem?

– Estou – digo. – Só uma tremedeira.

– Quer um Mandrix?

– Não, obrigado. – Olho de volta para o peixe.

Finn torna a Julian:

– E então, como vão seus pais, Julian?

– Não sei – Julian continua olhando para o chão.

– É, bem... é isso. Muito bem, por que vocês não vão ao hotel e depois vão ter comigo no Land's End e, de lá, vamos à festa de Eddie e eu lhe dou seu dinheiro e o do seu amigo. Combinado, gente boa? Que tal? Que acham disso?

– Onde encontro você? – Julian indaga.

– No Land's End. Na parte de cima. Que há? Alguma coisa errada?

– Não – Julian diz. – Quando?

– Nove e meia?

– Combinado.

Olho para Julian e me volta a imagem da quadra além da escola na quinta série.

– Você está bem, Julian? – Finn volta seu olhar para Julian.

– Estou, só estou nervoso – a voz de Julian some. Parece que vai dizer algo, a boca aberta. Posso ouvir um avião passando no alto. Depois uma ambulância.

– O que há, garotão? Ei, pode me dizer. – Finn faz um ar compreensivo e chega-se a Julian e o abraça.

Penso que Julian está chorando.

– Pode nos dar licença, por favor? – Finn me pede educadamente.

Deixo a sala e fecho a porta, mas ainda posso ouvir as vozes.

– Acho que esta noite vai ser meu último... minha última noite. Está bem, Finn? Não creio que consiga mais fazer isso. Estou farto de me sentir tão... triste o tempo todo e não posso... Não é possível fazer outra coisa por você? Só até pagar-lhe de volta? – a voz de Julian está completamente trêmula e de repente falha.

– Ei, ei, ei, neném – Finn pronuncia suavemente. – Neném, está tudo bem.

Eu poderia deixar essa cobertura agora. Mesmo tendo vindo de carro com Julian, poderia abandonar a cobertura. Poderia telefonar para alguém vir me buscar.

– Não, Finn, não, não está nada bem.

– Tome...

– Epa, Finn. De jeito nenhum. Não quero. Acabei com isso.

– Claro que acabou.

Há um silêncio realmente tenso e só ouço fósforos sendo riscados e som de tapas, e depois de algum tempo, Finn finalmente fala alguma coisa:

– Pronto, você sabe que é meu melhor garoto e que cuido de você. Como meu próprio filho. Como meu próprio filho... – Uma pausa e diz: – Você parece tão magro.

O surfista esbarra em mim e entra na sala e diz a Finn que há alguém chamado Manuel no telefone. O surfista sai. Julian levanta-se da escrivaninha de Finn, abotoando a manga, e se despede dele.

– Ei, mantenha o bonde andando. Segure a onda. – Finn pisca para Julian.

– Certo.

– Vejo-o hoje mais tarde, não é, Clay?

Quero dizer que não, mas tenho a sensação que de qualquer jeito vou vê-lo hoje mais tarde e balanço a cabeça e digo: "É", tentando parecer convincente, como se quisesse mesmo isso.

– Vocês são demais, garotos. Um barato.

Sigo Julian pelo corredor e ao cruzar a sala que dá para a saída, vejo o surfista deitado no chão, sua mão direita dentro das calças, comendo um prato de Captain Crunch. Está alternando a leitura do que está escrito atrás da caixa de cereais e acompanhar *Além da imaginação* no telão no meio da sala, e Rod Sterling olha diretamente para nós e informa que acabamos de penetrar *Além da imaginação* e, mesmo eu não querendo acreditar, é tão surrealista que sei que é verdade, e dou uma última sacada nesse sujeito sobre o tapete da sala, me volto devagar e sigo Julian porta afora e penetro na escuridão do corredor do edifício de Finn. E no elevador, descendo para o carro de Julian, pergunto: "Por que não me avisou que o dinheiro era para isso?". E Julian, olhos vidrados, sorriso triste no rosto, diz: "Quem se importa? Você? Você se importa mesmo?". E não digo nada, percebo que não me importo mesmo e de súbito me sinto bobo, estúpido. Percebo também que quero ir com Julian ao Saint Marquis. Que quero ver se coisas assim acontecem de fato. E enquanto o elevador desce, passando pelos segundo e primeiro andares, descendo mais, compreendo que o dinheiro não interessa. Só me interessa ver o pior.

Saint Marquis. Quatro horas. Sunset Boulevard. Sol imenso e ardente, um monstro alaranjado, e Julian entra no estacionamento e, por algum motivo, já passou duas vezes pelo hotel e fico me perguntando o porquê e ele fica me perguntando se estou mesmo com o propósito de entrar nisso e fico dizendo que estou. Assim que saio do carro, olho para a piscina e chego a imaginar se alguém já se afogou ali. O Saint Marquis é um hotel oco; tem uma piscina num pátio rodeado por quartos. Há um gordo numa espreguiçadeira, corpo brilhando, besuntado de bronzeador. Fica de olho em nós dois enquanto procuramos o quarto que Finn indicou a Julian. Quarto 001. Julian bate à porta. As cortinas estão fechadas e um rosto, uma sombra, olha para fora. A porta é aberta por um homem de calça, camisa e gravata, um quarentão, que pergunta: "Sim... o que posso fazer por vocês?".

– O senhor é Sr. Erickson, certo?

– Sim... Ah, vocês devem ser... – Sua voz some enquanto examina Julian e a mim.

– Alguma coisa errada? – Julian pergunta.

– Não, nada. Por que vocês não entram?

– Obrigado.

Sigo Julian para o interior do quarto e me dá uma neura. Detesto quartos de hotel. Meu bisavô morreu num. No Stardust, em Las Vegas. Estava morto há dois dias quando o encontraram.

– Vocês querem um drinque? – o homem pergunta.

Tenho a impressão de que esses homens sempre falam isso e, mesmo querendo um, morto de vontade, olho para Julian, que sacode a cabeça e recusa: "Não senhor, obrigado". E o imito: "Não senhor, obrigado".

– Por que não ficam à vontade, podem se sentar.

– Posso tirar meu casaco? – Julian pergunta.

– Sim. Certamente, meu filho.

O homem começa a preparar um drinque para si.

– Vai ficar em Los Angeles muito tempo? – Julian pergunta.

– Não, não, só uma semana, a negócios. – O homem toma a bebida.

– O que o senhor faz?

– Trabalho no ramo imobiliário, meu filho.

Olho para Julian e me pergunto se esse homem conhece meu pai. Abaixo os olhos e percebo que não tenho nada a dizer, mas tento pensar em alguma coisa; a ânsia de ouvir minha própria voz vai se tornando mais intensa e fico pensando que esse sujeito conhece meu pai. Tento afastar tal pensamento da minha mente, a ideia desse homem talvez se encontrando com meu pai no Ma Maison ou no Trumps, mas ela persiste, calada.

Julian diz algo:

– De onde é o senhor?

– Indiana.

– Ah, é mesmo? De que local de Indiana?

– Muncie.

– Ah. Muncie, Indiana.

– Isso mesmo.

Há uma pausa e o homem desvia os olhos de Julian para mim e depois de volta para Julian. Toma a bebida.

– Bem, qual dos garotos gostaria de se levantar? – O homem de Indiana está segurando seu copo com muita força e põe a bebida sobre o balcão. Julian fica em pé.

O homem acede com a cabeça, e sugere:

– Por que não tira sua gravata?

Julian tira.

O homem desvia o olhar de Julian para mim, para ter certeza de que estou assistindo.

– E seus sapatos e suas meias.

Julian os tira também e fica olhando para o chão.

– E... ahn, o resto.

Julian tira a calça e a camisa, e o homem puxa a cortina e olha para o Sunset Boulevard e, em seguida, para Julian.

– Você gosta de viver em Los Angeles?

– Gosto. Adoro Los Angeles – Julian diz, dobrando as calças.

O homem me olha e fala:

– Ah, não, assim não vai ser possível. Por que você não se senta ali, perto da janela? Assim está melhor. – Coloca-me sentado numa poltrona e me posiciona mais perto da cama e, satisfeito, caminha até Julian e põe a mão no ombro nu de Julian. A mão desce até a cueca de Julian, que fecha os olhos.

– Você é um jovem muito simpático.

Uma imagem de Julian na quinta série, quicando uma bola de futebol num gramado verde.

– Sim, é um rapaz muito bonito – fala o homem de Indiana –, e aqui, é tudo que importa.

Julian abre os olhos e olha dentro dos meus, e viro o rosto e reparo numa mosca zumbindo indolentemente pela parede próxima à cama. Pergunto-me o que Julian e esse homem vão fazer. Digo a mim mesmo que posso ir embora. Poderia simplesmente dizer a Julian e ao homem de Muncie que quero ir embora. Mas, outra vez, as palavras não conseguem, não podem, não saem, e permaneço sentado ali, e a necessidade de ver o pior me inunda, rapidamente, fissurando.

O homem vai ao banheiro dizendo-nos que volta num minuto. Fecha a porta do banheiro. Levanto-me da cadeira e me dirijo ao bar para procurar alguma coisa para beber. Noto a carteira que o homem deixou no bar e faço uma verificação. Estou tão nervoso que não ligo, nem sei por que estou fazendo isso. Há muitos cartões dentro, mas não atento para nenhum, para não ver algum do meu pai. Há alguns cartões de crédito e a quantidade de dinheiro normal para um sujeito de fora trazer quando visita a cidade. Também há fotografias de uma mulher bonita, muito cansada, sua mulher provavelmente, e duas de seus filhos, todos meninos, espichados, cabelo louro curto e camisas listradas, rostos cheios de confiança. As fotos me deprimem e ponho a carteira de volta no balcão e penso que talvez tenha sido o homem quem bateu as fotografias. Olho para Julian, sentado à beira da cama, de cabeça baixa. Sento-me, estico o braço e ligo o aparelho de som.

O homem sai do banheiro dizendo:

– Não. Nada de música. Quero que ouça tudo. Tudo.
– Desliga o som.

Pergunto-lhe se posso usar o banheiro. Julian tira a cueca. O homem sorri por uma razão qualquer, e diz que sim e entro no banheiro, tranco a porta, abro as duas torneiras da pia e dou descarga várias vezes enquanto tento vomitar, mas não consigo. Limpo a boca e volto ao quarto. O sol está mudando de posição, sombras se esticam pelas paredes, e Julian está tentando sorrir. O homem sorri de volta, as sombras se esparramando pelo seu rosto.

Acendo um cigarro.

O homem vira Julian de bruços.

Será que ele está à venda.

Não cerro os olhos.

Você pode desaparecer aqui sem nem saber.

JULIAN e eu andamos pelo estacionamento. Estivemos naquele quarto de hotel desde as quatro horas e agora são nove. Fiquei cinco horas sentado naquela poltrona. Quando entramos no carro de Julian, pergunto aonde vamos.

– Ao Land's End pegar seu dinheiro. Você o quer, não quer? Não quer, Clay?

Encaro Julian e lembro das manhãs sentado em seu Porsche, parado em fila dupla, fumando alguns fininhos, ouvindo o disco novo do Squeeze antes das aulas começarem, às nove horas, e, mesmo que me volte essa imagem, não me perturba mais. O rosto de Julian me parece mais velho agora.

SÃO cerca de dez horas e o Land's End está lotado. Fica na Hollywood Boulevard e Julian estaciona nos fundos, num beco, e ando com ele até a entrada e Julian abre caminho pela fila aos empurrões e as pessoas o vaiam, mas Julian as ignora. Entramos na boate pela porta dos fundos como se entrássemos num porão, e está escuro e parece uma caverna com todas essas divisórias a separando em pequenas áreas onde bandos se amontoam no breu. Quando entramos, o gerente, que parece um surfista cinquentão, está discutindo com uma turma de adolescentes que tentam entrar, mas dão a perceber que são menores de idade. E, quando o gerente pisca para Julian e o deixa entrar, uma das meninas na fila olha para mim e sorri, os lábios dela, úmidos, cobertos de um batom rosa-choque, se abrem e ela mostra os dentes superiores como se fosse um tipo de cão ou lobo, rosnando, pronto para atacar. Conhece Julian e solta algum impropério que não escuto e Julian manda ela tomar no cu.

Antes de distinguir rostos, meus olhos têm que esperar um tempo para se acostumarem com a escuridão. A boate está lotada hoje e o pessoal do fim da fila não vai conseguir entrar. Toca a "Tainted Love", em volume alto, e a pista está carregada de gente, quase todos jovens, a maioria entediada, tentando parecer ligados. Há uns rapazes sentados nas mesas e olham todos para a esplêndida garota boazuda, com cara de tesão, loucos por pelo menos uma dança ou uma chupada no pau no carro do Papai e há todas essas meninas com expressões indiferentes ou aborrecidas, fumando cigarros partidos, quase todas ou pelo menos a maioria de olho num garoto louro de óculos escuros, em pé no fundo da boate. Julian reconhece o sujeito e diz que ele também trabalha para Finn.

Passamos pela multidão e entramos nos fundos, deixando para trás o ritmo batido da música e o ambiente enfumaçado. Os fundos e o topo da escada são o território de Lee, recém-contratado como DJ em meio expediente. Finn está sentado num sofá conversando com ele e parece que é a primeira noite de Lee, que, louro e bronzeado, parece nervoso. Finn apresenta Julian e eu a Lee e pergunta a Julian como foram as coisas e Julian resmunga bem e diz a Finn que quer o pagamento. Finn diz que vai pagar, aos dois, na festa de Eddie; que quer que Julian lhe faça um pequeno favor, após o qual Finn terá o maior prazer em nos dar o dinheiro.

Apesar de Lee ter dezoito anos, aparenta ser bem mais jovem que Julian ou eu, e isso me assusta. O escritório de Lee tem vista para o Hollywood Boulevard e, enquanto Julian suspira e se afasta de Finn, que volta a conversar com Lee, ando até a janela e fico olhando os carros. Passa uma ambulância. E soa uma sirene de polícia. Lee parece bem yuppie, é o que Finn diz, e depois algo no estilo: "Eles gostam disso. Desse visual yuppie". Parece que Lee está pronto e Finn também e Lee diz que está um pouco nervoso e Finn ri e diz: "Não há nada com que se preocupar. Não vai ter que fazer tanta coisa assim. Não com esses sujeitos. Apenas alguns típicos executivos de estúdio, só isso". Finn sorri e endireita a gravata de Lee. "E se tiver que fazer alguma coisa... bem, puxa, você tem um excelente ganho, garotão." E Julian diz: "Cascata", alto demais e Finn lhe responde: "Olhe bem, hein". E não sei o que estou fazendo aqui e olho para Lee, que sorri estupidamente, e vejo e não vejo Julian com o mesmo sorriso inocente.

Julian segue o Rolls-Royce de Finn, com Finn e Lee, e diz para eles num sinal que tem que me levar aonde deixei meu carro para eu poder segui-los até a casa de Eddie. Julian me deixa em meu carro, no fliperama em Westwood, e sigo os dois carros subindo para os morros.

A CASA onde chego com Finn e Lee e Julian em Bel Air é um casarão de pedra com um gramado que se esparrama pela frente, chafarizes espanhóis e gárgulas que se erguem do telhado. Fica na Bellagio, e imagino o que pode significar "Bellagio", enquanto paro diante da entrada ampla, circular, e um criado abre a porta, e ao sair do carro posso ver Finn envolvendo Julian e Lee nos braços, e entram antes de mim pela porta aberta. Sigo-os para dentro da casa, em que quase todos são homens, mas há algumas mulheres também, e tenho a impressão de que todos reconhecem Finn. Algumas pessoas até reconhecem Julian. Há um estroboscópio ligado na sala e, por um instante, o ligeiro nervosismo que sinto se torna uma vertigem alucinante e meus joelhos quase vergam, e parece que todos estão falando, olhos constantemente à procura; a batida da música combinando com o ritmo dos movimentos e dos olhares.

– Ei, Finn, meu melhor fornecedor, como estão as coisas?

– Ei, Bobby. Ótimas. Como vão os negócios?

– Fabulosos. E quem é esse?

– É o meu melhor garoto, Julian. E este é Lee.

– Olá – diz Bobby.

– Olá – Lee retribui, e sorri, olhando para o chão.

– Diga olá – Finn cutuca Julian.

– Olá.

– Quer dançar?

Finn cutuca Julian de novo.

– Não, agora não. Podem me dar licença? – Julian desvencilha-se de Finn, que com Lee, chama por ele, e sigo Julian pela multidão, mas o perco e acendo um cigarro e procuro o banheiro, mas está trancado. O Clash canta “Somebody Got Murdered” e encosto na parede e passo a suar frio, e há um rapaz que estou reconhecendo um pouco sentado numa cadeira do outro lado da sala me encarando, e o encaro de volta, confuso, pensando se ele me conhece, mas percebo que não adianta, que o sujeito está viajando e não me vê, não vê nada.

A porta do banheiro se abre e um homem e uma mulher saem juntos, rindo, e passam por mim. Entro e fecho a porta, abro um pequeno vidro e reparo que não me resta muito pó, mas cheiro a sobra e bebo água na torneira e observo minha cara no espelho, e concluo que preciso raspar a barba. De súbito, Julian bate contra a porta com força e entra, junto com Finn. Finn joga-o contra a parede e tranca a porta do banheiro.

– Que porra é essa que você está fazendo?

– Nada – Julian grita. – Nada. Deixe-me em paz. Estou indo para casa. Dê a Clay a grana dele.

– Você está agindo como um grande babaca e quero que pare com isso. Tenho alguns clientes bastante importantes aqui hoje e você não vai me foder.

– Deixe-me em paz, porra. Não encoste a mão em mim.

Fico teso encostado na parede e olho para o chão.

Finn olha para mim e depois para Julian e faz uma expressão de desprezo:

– Puxa, Julian, você é mesmo patético, cara. O que você vai fazer? Você não tem escolha. Está entendendo isso? Você não pode sair. Não pode ir embora agora. Vai correr para a Mamãe ou para o Papai, vai?

– Pare com isso.

– Para o seu analista caríssimo?

– Pare, Finn.

– Para quem? Ainda tem amigos? Que porra você vai fazer? Acha que é só sair?

– Pare – Julian grita.

– Você vem a mim faz um ano devendo a maior grana para traficantes e lhe dou um emprego e o ponho em evidência e o levo a toda parte e lhe dou todas essas roupas e todo o pó que consegue cheirar, porra, e o que você me dá em troca?

– Eu sei. Cale a boca – Julian grita, engasgando, cobrindo a cabeça com as mãos.

– Você age como um arrogante, egoísta, ingrato.

– Foda-se.

– Como um bundão.

– Gigolô filho da puta.

– Você não dá valor ao que fiz por você? – Finn empurra Julian com mais força contra a porta. – Hein? Não?

– Para com isso, seu gigolô filho da puta.

– Não? Responde. Não?

– Fez por mim? Você me transformou num putinho. – O rosto de Julian está todo vermelho e seus olhos úmidos e eu estou pirando só de tentar olhar para o chão sempre que Julian ou Finn olham para mim.

– Não. Eu não fiz isso, cara – Finn fala mansamente.

– O quê?

– Não transformei você num putinho. Foi você mesmo.

A música pulsa através das paredes e posso até senti-la vibrar nas minhas costas, quase me atravessando, e Julian ainda olha para o chão e tenta se mexer ou se afastar, mas Finn segura firme os ombros dele e Julian começa a rir e a chorar baixinho e diz a Finn que sente muito.

– Não vou fazer isso mais... Por favor, Finn...

– Desculpe, neném, mas não posso deixar você sair assim facilmente.

Julian cai até o chão devagar até ficar sentado.

Finn tira uma seringa e uma colher e uma caixa de fósforos do Le Dome.

– O que você está fazendo? – Julian funga.

– Meu melhor garoto tem que esfriar a cabeça esta noite.

– Finn... Mas estou indo embora. – Julian começa a rir. – Estou mesmo. Paguei essa porra de dívida. Já era. Ponto final.

Mas Finn nem escuta e agacha e agarra o braço de Julian e afasta as mangas do paletó e da camisa e tira seu próprio cinto e amarra no braço dele e dá uns tapas para achar a veia e acaba conseguindo uma e, enquanto esquenta algo na grande colher de prata, tudo o que Julian fica repetindo é: "Finn. Não". Finn espeta a agulha no braço de Julian e a sacode.

– Você vai fazer o quê? Não tem para onde ir. Vai contar para todo mundo? Que se prostituiu para pagar uma dívida de drogas? Cara, você é mais ingênuo do que eu pensava. Mas vamos lá, neném, você vai se sentir melhor.

Desapareça aqui.

A seringa se enche de sangue.

Você é bonitinho e isso é tudo que interessa.

Será que ele está à venda?

As pessoas têm medo de mudar. De mudar.

Finn finalmente leva Julian para fora do banheiro e vou atrás deles, e Finn começa a guiar Julian escada acima e, ao subirem pela escadaria comprida, posso ver que há uma porta aberta só numa fresta no alto da escada. A música para um instante e posso ouvir gemidos graves saindo do quarto e, quando Finn entra com Julian, de repente alguém solta um grito, e Julian desaparece com Finn e a porta bate com força. Dou meia-volta e deixo a cena.

Depois que abandono a festa, sigo para o Roxy, onde X está tocando. É quase meia-noite, o Roxy está lotado, e encontro Trent perto da entrada, que me pergunta onde eu estava, não digo nada e ele me oferece uma bebida. Faz calor na boate e aperto o copo de bebida contra a testa, contra o rosto. Trent comenta que Rip está presente e nos dirigimos até onde ele está, e Trent me conta que vão cantar "Sex and Dying in High Society" a qualquer instante a partir de agora e comento: "Que ótimo". Rip está com um 501 preto e uma camiseta branca do X e Spin com uma camiseta que traz escrito: "Gumby. Pokey. The Blockheads" e também com um 501 preto. Rip se aproxima de mim e a primeira coisa que diz é: "Porra, há mexicanos demais aqui, colega".

Spin resfolega e diz:

– Vamos matá-los todos.

Trent deve achar legal a ideia, porque balança a cabeça e ri.

Rip olha para mim:

– Puta merda, colega. Você parece acabado. Qual é o problema? Quer um pozinho?

Consigo movimentar a cabeça e acabar a bebida de Trent.

Um rapaz escuro de bigode fino e uma camiseta "Under the Big Black Sun" esbarra em mim e Rip agarra os ombros dele e o empurra de volta para a turba que dança, e grita: "Porra de crioulo!".

Spin está falando com alguém chamado Ross, e chama Rip quando este desvia a atenção do palco.

– Olha, Ross achou uma coisa no beco atrás do Flip.

– O quê? – Rip grita, interessado.

– Um corpo.

– Está brincando comigo.

Ross sacode a cabeça, nervoso, sorrindo.

– Essa eu tenho que ver – Rip sorri. – Vamos lá, Clay.

– Não. Acho que não. Estou com vontade de ver o show.

– Vamos. Quero lhe mostrar uma coisa na minha casa também.

Trent e eu seguimos Rip e Spin até o carro de Rip, que diz para nos encontrarmos com ele atrás do Flip. Trent e eu descemos a Melrose e o Flip está todo aceso e fechado e entramos todos à esquerda e estacionamos atrás do prédio, no lote abandonado. Ross sai do seu Volkswagen Rabbit e gesticula para Rip, Spin e eu o seguirmos até o beco atrás da loja vazia.

– Espero que ninguém tenha informado à polícia – Ross resmunga.

– Quem mais sabe disso? – Rip pergunta.

– Alguns amigos meus. Acharam-no esta tarde.

Duas meninas saem da escuridão do beco, gargalhando, uma se segurando na outra. Uma fala:

– Puta, Ross, quem é aquele sujeito?

– Não sei, Alicia.

– O que aconteceu com ele?

– Overdose, imagino.

– Chamou a polícia?

– Para quê?

Uma das meninas comenta:

– Temos que trazer Marcia. Ela vai desbundar.

– Alguma de vocês, meninas, viu Mimi? – Ross pergunta.

– Esteve aqui com Derf e os dois se foram. Vamos assistir ao X no Roxy.

– Estamos vindo de lá.

– Ah, como eles estão?

– Muito bons. Mas não cantaram "Adult Books".

– Não cantaram?

– Não.

– Ah, nunca cantam.

– Eu sei.

– Uma bosta.

Elas vão embora, falando de Billy Zoom, e Rip, Spin, Trent e eu seguimos Ross até o fundo do beco.

Está sentado na parede do fim do beco, escorado. O rosto está pálido e intumescido e os olhos estão cerrados, a boca aberta, e o rosto pertence a um jovem, dezoito, dezenove anos, sangue ressequido, em crostas, sobre o lábio superior.

– Puta que pariu – diz Rip.

Os olhos de Spin estão arregalados.

Trent só fica paradão falando algo como:

– Que loucura.

Rip cutuca o sujeito na barriga com o pé.

– Tem certeza que está morto?

– Está vendo-o mexer? – Ross acha graça.

– Caralho, cara. Como é que você achou isso? – Spin pergunta.

– As notícias se espalham.

Não consigo tirar os olhos do rapazinho morto. Há moscas voando ao redor de sua cabeça, rodopiando em volta da lâmpada que pende acima dele e ilumina a cena. Spin se ajoelha e olha o rosto do jovem de perto, estudando-o fixamente. Trent começa a rir e acende um baseado. Ross está encostado a uma parede, fumando, e me oferece um cigarro.

Sacudo a cabeça e acendo um dos meus, mas minha mão treme tanto que deixo o cigarro cair.

– Olhe só, não está de meias – Trent comenta.

Ficamos ali por um bom tempo. Um vento sopra pelo beco. Os barulhos do trânsito vêm da Melrose.

– Espere – diz Spin –, acho que conheço esse cara.

– Cascata – Rip ri.

– Cara, vocês são tão doentes – Trent diz, passando-me o baseado.

Dou um trago e o devolvo para Trent e penso no que iria acontecer se os olhos do garoto se abrissem.

– Vamos embora daqui – Ross diz.

– Espere – Rip manda que esperemos e enfia um cigarro na boca do carinha. Ficamos ali por mais cinco minutos.

Spin fica em pé e sacode a cabeça, coça o Gumby da camisa, e diz:

– Cara, preciso de um cigarro.

Rip se levanta e pega no meu braço e fala comigo e com Trent:

– Ouçam, vocês dois, vocês têm que vir à minha casa.

– Para quê? – pergunto.

– Tenho algo lá que vai pirar vocês.

Trent ri na expectativa e saímos todos do beco.

Quando chegamos ao apartamento de Rip em Wilshire, ele nos leva direto ao quarto. Há uma menina nua, bem jovem e bonita, deitada na cama. Suas pernas estão abertas e amarradas aos pés da cama e os braços amarrados à cabeceira. A boceta dela está toda irritada e parece ressecada e posso ver que foi raspada. Ela fica gemendo e murmurando palavras e movimentando a cabeça de um lado para o outro, olhos semicerrados. Alguém a maquiou muito, desajeitadamente, e ela fica lambendo os lábios, a língua se arrasta devagar, repetidamente, pelos lábios. Spin ajoelha ao lado da cama e pega uma seringa e sussurra algo em seu ouvido. A menina não abre os olhos. Spin enfia a seringa em seu braço. Só fico observando. Trent diz: "Uau". Rip fala alguma coisa.

– Tem doze anos.

– E é apertada, cara – Spin ri.

– Quem é ela? – pergunto.

– O nome é Shandra e estuda em Corvalis – é tudo o que Rip diz.

Ross está jogando Centopeia na sala e o som do vídeo chega até nós. Spin põe uma fita para tocar e tira a camisa e depois o jeans. Está de pau duro e o introduz entre os lábios da menina e olha para nós:

– Podem olhar se quiserem.

Saio do quarto.

Rip vem atrás de mim.

– Por quê? – é tudo o que pergunto a Rip.

– O quê?

– Por quê, Rip?

Rip parece confuso:

– Por que o quê? Está se referindo ao que ocorre lá dentro?

Tento balançar a cabeça.

– Por que não? Qual é o problema?

– Porra, Rip, ela só tem onze anos.

– Doze – Rip me corrige.

– Está bem, doze – digo, pensando um pouco nisso.

– Ei, não olhe para mim como se eu fosse um tipo escroto ou porra assim, não sou não.

– É que... – minha voz some.

– É o quê? – Rip quer saber.

– É que... não acho isso certo.

– O que é certo? Se você quer uma coisa, tem o direito de tomar. Se quer fazer uma coisa, tem o direito de fazer.

Apoio-me na parede. Posso ouvir Spin gemendo no quarto e o som de uma mão dando um tapa, talvez num rosto.

– Mas você não precisa de nada. Tem tudo – digo.

Rip olha para mim:

– Não. Não tenho não.

– O quê?

– Não, não tenho.

Depois de uma pausa pergunto:

– Que merda, não tem o quê, Rip, o que você não tem?

– Não tenho nada a perder.

Rip vira e volta ao quarto. Dou uma olhada e Trent está desabotoando a camisa, olhando para Spin, escarranchado sobre a cabeça da menina.

– Venha, Trent – digo. – Vamos embora.

Ele olha para mim e depois para Spin e para a menina e diz:

– Acho que vou ficar.

Fico parado. Spin vira-se para mim enquanto põe o pau na cara da menina e fala:

– Se for ficar, feche a porta, sim?

– Você deveria ficar – Trent diz.

Fecho a porta e cruzo a sala, onde Ross ainda joga Centopeia.

– Meu placar está alto às pampas – diz. – Vê que estou de saída e pergunta: – Ei, aonde vai?

Não digo nada.

– Aposto que vai dar uma espiada naquele corpo de novo, não é?

Fecho a porta atrás de mim.

A POUCOS quilômetros de Rancho Mirage, há uma casa que pertencia a um amigo de meu primo. Era louro e bonito e no outono seguinte iria para a Universidade de Stanford e vinha de uma boa família em San Francisco. Costumava descer para Palm Springs nos fins de semana e dar festas na casa no deserto. A rapaziada de Los Angeles e San Francisco e Sacramento vinha para a festa e para passar o fim de semana. Houve uma noite, ao final do verão, que uma festinha, ninguém sabe como, passou das medidas. Uma jovem de San Diego que estava na festa foi encontrada na manhã seguinte com os pulsos e os tornozelos amarrados. Tinha sido estuprada várias vezes. Tinha sido estrangulada também e sua garganta estava retalhada e os seios tinham sido cortados, e alguém enfiara velas em seu lugar. Seu corpo foi encontrado no Drive-In Sun Air pendurado de cabeça para baixo do balanço que ficava num canto do estacionamento. E o amigo do meu primo desapareceu. Alguns dizem que ele foi para o México, outros que foi para o Canadá ou Londres. A maioria das pessoas comenta que foi para o México. A mãe internou-se num hospício e a casa ficou dois anos vazia. Certa noite se incendiou e muita gente diz que o sujeito voltou do México, ou de Londres, ou do Canadá, e ateou fogo à casa.

Subo a estrada do cânion onde ficava essa casa, usando ainda a mesma roupa daquela tarde, no escritório de Finn, no quarto de hotel do Saint Marquis, nos fundos do Flip, no beco, e paro o carro e fico um tempo ali, fumando, procurando uma sombra ou uma figura escondida atrás das rochas. Há quem diga que é possível ver o cara andando pelos cânions à noite, vasculhando o deserto, vagando pelos escombros da casa. Outros dizem também que a polícia o capturou e prendeu. Em Camarillo, a centenas de milhas de Palo Alto e de Stanford.

Lembro-me claramente dessa história, enquanto me afasto das ruínas da casa e me ponho a dirigir ainda mais para dentro do deserto. A noite está quente e o tempo me recorda as noites em Palm Springs quando meus pais chamavam os amigos para jogar bridge e eu pegava o carro de meu pai, abaixava o capô e dirigia pelo deserto afora ouvindo os Eagles ou Fleetwood Mac, o vento quente soprando pelo meu cabelo.

E me lembro das manhãs quando eu era o primeiro a me levantar e ficava olhando o vapor subir da piscina aquecida no deserto fresco pela madrugada, minha mãe tomando sol o dia inteiro quando tudo era tão quieto e parado que se podia ver as sombras provocadas pelo sol se moverem e deslizarem pelo fundo da piscina parada e pelas costas morenas e bronzeadas de minha mãe.

Na semana antes de eu ir embora, desaparece um dos gatos de minha irmã. É um gatinho marrom, e minha irmã diz que na noite passada ouviu miados e um grito. Há restos de pelo emaranhado e sangue seco perto da porta lateral. Muitos gatos desse bairro têm que ficar trancados dentro de casa porque, se saírem à noite, há uma grande probabilidade de serem comidos por coiotes. Noites em que a lua está cheia e o céu limpo, olho para fora e vejo formas se movendo pelas ruas, pelos cânions. Antes eu os confundia com grandes cães desgarrados. Mais tarde percebi que eram coiotes. Há noites, já bem tarde, quando estou dirigindo por Mulholland e tenho que ziguezaguear e frear de repente e, sob o clarão dos faróis, vejo coiotes se esgueirando lentamente pela neblina com trapos vermelhos na boca, e só quando chego em casa percebo que o trapo vermelho era um gato. É uma coisa com a qual aprendemos a conviver quando moramos nas montanhas.

Escrito na parede do banheiro no Pages, debaixo de onde está rabiscado "Julian chupa bem um pau. E está morto." "Que se fodam vocês, Mãe e Pai. Chupadores de boceta. Chupadores de caralho. Os dois podem morrer porque foi o que fizeram comigo. Vocês me deixaram para morrer. Os dois são putos sem esperança. Sua filha é uma iraniana e seu filho é uma bicha. Os dois podem apodrecer na porra de uma merda de um inferno de bundas-moles. Vão queimar, seus boçais de merda. Queimem. Fodidões. Queimem."

Na semana antes de eu ir embora, escuto uma música de um compositor de Los Angeles falando da cidade. Escuto a música o tempo todo, ignorando o resto do disco. Não é que goste tanto da música; é mais porque ela me confunde e eu tento decifrá-la. Por exemplo, quero saber por que o vagabundo da música estava de joelhos. Informaram-me que o vagabundo estava muito agradecido por estar nessa cidade e não em outro canto. Retruquei a essa pessoa que não achava isso, que ela não sacou o lance, e ela me falou, num tom meio conspiratório: "Não, cara... acho que é isso, sim".

Fiquei sentado no meu quarto muito tempo, na semana antes de ir embora, vendo um programa de televisão que passava à tarde e mostrava vídeos enquanto um DJ de uma estação local de rock apresentava os clips. Havia uns cem roqueiros dançando na frente de uma tela gigante onde passavam os vídeos; as imagens engolindo os adolescentes e eu reconhecia gente que tinha visto em boates, dançando no programa, sorrindo para as câmeras, e se virando e olhando para a tela iluminada, monolítica, que jogava as imagens para eles. Alguns cantavam as letras das músicas que eram tocadas. Mas eu me concentrava na garotada que não cantava; que tinha esquecido; a garotada que talvez nunca as tenha conhecido.

RIP e eu íamos descendo Mulholland, um dia antes de eu ir embora, e Rip mascava um globo ocular de plástico e usava uma camiseta de Billy Idol e ficava exibindo o enorme olho entre os lábios. Eu ficava tentando sorrir e Rip comentou algo sobre ir a Palm Springs na noite antes de eu partir e concordei, me rendendo ao calor. Numa das curvas mais traiçoeiras da Mulholland, Rip diminuiu a marcha e estacionou à beira da estrada e saiu e fez um gesto para que eu saísse também. Fui até onde ele estava. Apontou a quantidade de carros arrebentados ao pé do morro. Alguns enferrujados e incinerados, outros novos e amassados, de cores brilhantes, quase obscenos ao fulgor da luz do sol. Tento contar os carros; deve haver vinte ou trinta lá embaixo. Rip me falou de amigos seus que morreram naquela curva; gente que não conhecia a estrada. Gente que cometeu erros no meio da noite e saiu voando para o nada. Rip contou que, em noites sossegadas, bem tarde, pode-se ouvir o chiar de pneus e, em seguida, um longo silêncio; uma freada e depois, quase inaudível, um impacto. E, às vezes, ao se ouvir com atenção, há gritos na noite que não duram muito. Rip disse que duvidava que fossem chegar a tirar os veículos dali, que na certa vão esperar até que o local fique repleto de carros e usar isso como exemplo e enterrar tudo. E ali, na montanha, olhando de cima para o Valley tórrido, coberto de poluição, e sentindo os ventos quentes voltando e a poeira rodopiando aos meus pés e o sol, gigantesco, uma bola de fogo, nascendo, acreditei nele. Depois, quando entramos no carro ele tomou uma rua que eu tinha certeza não ter saída.

– Aonde estamos indo? – perguntei.

– Não sei. Rodando por aí.

– Mas esse caminho não leva a lugar nenhum.

– Não interessa.

– O que interessa então? – pergunto, depois de um tempo.

– Simplesmente que estamos nisso, garotão.

Antes da minha partida, uma mulher teve o pescoço retalhado e foi atirada de um carro em movimento em Venice; uma série de incêndios arderam descontrolados em Chatsworth, obra de um piromaníaco; um homem em Encino matou a mulher e os dois filhos. Quatro jovens, nenhum dos quais eu conhecia, morreram num acidente de automóvel na Pacific Coast Highway. Muriel foi reinternada em Cedars-Sinai. Um sujeito, apelidado de Conan, se suicidou numa festa de grêmio na UCLA. E esbarrei acidentalmente com Alana no Beverly Center.

– Não tenho te visto muito – falei.

– É, bem, não tenho circulado muito.

– Encontrei-me com alguém que a conhece.

– Quem?

– Evan Dickson. Você o conhece?

– Estou transando com ele.

– É, estou sabendo. Foi o que ele me falou.

– Mas ele está fodendo com esse cara chamado Derf, que estuda em Buckley.

– Ah.

– É, ah – ela disse.

– Ah o quê?

– É muito característico.

– É. É mesmo.

– Gostou da estada aqui?

– Não.

– Que pena.

E VEJO Finn no Hughes Market na Doheny na terça-feira à tarde. Faz calor e fiquei na piscina o dia inteiro. Pego o carro e levo minhas irmãs ao mercado. Não foram à aula hoje e estão de short, camiseta e óculos escuros e eu visto um calção de malha velho e uma camiseta. Finn está com Jared e repara em mim quando estamos no setor de congelados. Está usando sandálias e uma camiseta do Hard Rock Café e olha para mim de relance e depois para baixo e novamente ergue o olhar. Volta-me rapidamente e caminho até a seção de legumes. Ele me segue. Pego um miniengradado de chá engarrafado e depois um maço de cigarros. Retribuo o seu olhar e os nossos olhos se encontram, ele sorri e eu me afasto. Ele me segue até o caixa.

– Olá, Clay. – Pisca para mim.

– Olá – digo, sorrindo, me afastando.

– Encontramo-nos depois – diz, engatilhando os dedos como se fossem uma pistola.

Última semana. Estou na Parachute com Trent. Ele experimenta roupas. Estou encostado numa parede, lendo um exemplar velho da *Interview*. Um sujeito louro, boa aparência, acho que é Evan, experimenta roupas. Não entra numa cabine para se vestir. Experimenta tudo no meio da loja em frente a um espelho de corpo inteiro. Observa-se ali só de cueca e meias xadrez. O transe do rapaz é quebrado quando o namorado dele, também louro e bonito, chega por trás dele e aperta-lhe a nuca. Ele experimenta mais alguma coisa. Trent diz que viu o cara com Julian, parado do lado de fora do Porsche negro de Julian em frente ao Ginásio de Beverly Hills, conversando com um garoto de cerca de catorze anos. Trent comenta que, apesar de Julian estar de óculos escuros, dava ainda para ver as contusões roxas em volta de seus olhos.

Lendo o jornal à beira da piscina ao entardecer, vejo um artigo sobre como um habitante da cidade tentou se enterrar vivo no seu próprio quintal porque estava "tão quente, quente demais". Leio o artigo pela segunda vez e largo o jornal e observo minhas irmãs. Ainda estão de biquíni e óculos escuros e deitam sob o céu que escurece e fazem uma brincadeira em que se fingem de mortas. Pedem-me para julgar qual delas é capaz de parecer morta por mais tempo; quem ganhar vai poder jogar a outra na piscina. Observo-as e ouço a fita que rola no Walkman. As Go-Gos cantam "*I wanna be worlds away/ I know things will be okay when I get worlds away*".* Quem gravou a fita deixou o disco pular, e fecho os olhos e as escuto cantarem "Vacation" e quando os abro, minhas irmãs estão boiando com o rosto enfiado na piscina, para saber quem pode ficar mais tempo parecendo afogada.

---

* Quero estar a mundos daqui / Sei que tudo vai ficar legal a mundos daqui... (N.T.)

VOU ao cinema com Trent. O cinema onde estamos em Westwood está quase vazio, a não ser por algumas pessoas dispersas, a maioria desacompanhada. Vejo um ex-colega do ginásio sentado com uma loura bonitinha na frente e na ponta, mas não me manifesto e fico um pouco aliviado quando se apagam as luzes e Trent não o reconheceu. Mais tarde, no fliperama, Trent joga algo chamado Burger Time onde há uma quantidade de cachorros-quentes e ovos no vídeo perseguindo um cozinheiro baixinho e barbudo, e Trent quer me ensinar a jogar, mas não estou a fim. Fico apenas acompanhando os cachorros-quentes dementes, rebolativos, e, por alguma razão, isso é demais para mim e passo para o outro lado, procurando outra coisa para jogar. Mas os jogos todos parecem que têm a ver com besourinhos e bichinhos e mosquitinhos e cobras e mariposas e sapos se afogando e aranhas malucas comendo grandes moscas roxas no vídeo e a música que acompanha os jogos me deixa tonto e me provoca dor de cabeça e é difícil esquecer essas imagens mesmo depois de eu sair do fliperama.

No caminho de casa, Trent reclama:

– Puxa, você hoje estava feito um panaca. No Beverly Glen, paro atrás de um Jaguar vermelho com uma placa onde está escrito DECLIVE e tenho que encostar o carro.

– O que há, Clay? – Trent pergunta, a voz travada.

– Nada – consigo dizer.

– Que porra está acontecendo contigo?

Digo que estou com dor de cabeça e o levo para casa e prometo que telefono para ele de New Hampshire.

NÃO sei por que me lembro de estar numa cabine telefônica num posto 76 em Palm Desert às nove e meia de uma noite de domingo, no final de agosto do ano passado, esperando por uma ligação de Blair, que partia para Nova York na manhã seguinte para passar três semanas com o pai em locações. Eu estava de jeans e camiseta e um suéter xadrez velho e tênis sem meias e estava com o cabelo despenteado e fumava um cigarro. De onde estava, podia ver um ponto de ônibus com quatro ou cinco pessoas sentadas ou em pé sob as luzes fluorescentes, à espera. Havia um jovem, de talvez quinze ou dezesseis anos, que pensei que estivesse pedindo carona e eu estava perturbado e queria dizer-lhe alguma coisa, mas o ônibus chegou e o adolescente subiu nele. Eu esperava numa cabine sem porta e a luz Day-Glo era insistente, provocava dor de cabeça. Um batalhão de formigas marchava por um copo de iogurte vazio onde eu apagara meu cigarro. Havia três cabines telefônicas neste posto específico naquela noite de domingo, em agosto do ano passado, e todas estavam ocupadas. Um surfista bem jovem estava na cabine ao lado da minha de bermudas da OP e uma camiseta amarela serigrafada e tive quase certeza que esperava o ônibus. Pus-me a achar que o surfista não falava com pessoa alguma, que fingia estar conversando e que não havia ninguém ouvindo do outro lado e o que me passou pela cabeça era que seria melhor fingir falar do que não falar nada e fiquei me recordando daquela noite na Disneylândia com Blair. O surfista ficava olhando para mim e eu, virando o rosto, esperava o telefone tocar. Encostou um carro com uma placa em que estava escrito GABSTOY e uma garota com um corte à Joan Jett, provavelmente à Gabs, e o namorado, que usava uma camiseta do Clash, saíram do carro, o motor ainda ligado, e pude ouvir o resto de uma música antiga do Squeeze. Termino outro cigarro e acendo mais um. Algumas formigas se afogam no iogurte. O ônibus chega. As pessoas sobem nele. Ninguém desce dele. E fico pensando na noite na Disneylândia e em New Hampshire e em Blair e eu terminando.

Um vento morno fustigou o posto, e o surfista, que achei que estava armando algum trambique, desligou o telefone, e não ouvi a moeda cair, fingindo que não tinha notado. Entrou num ônibus que passava. O automóvel com a placa GABSTOY foi embora. O telefone tocou. Era Blair. E lhe pedi para não ir. Perguntou onde eu estava. Respondi que estava numa cabine em Palm Desert. Indagou: "Por quê?". Perguntei: "Por que não?". Disse-lhe para não ir a Nova York. Ela falou que era um pouco tarde para tocar nesse assunto. Pedi a ela para vir para Palm Springs comigo. Ela comentou que eu a magoara; que prometi que iria ficar em Los Angeles, que prometi nunca ir para o Leste. Disse que sentia muito e que tudo iria ficar bem e ela retrucou que já tinha ouvido isso de mim e que, se gostássemos mesmo um do outro, quatro meses não fariam diferença. Perguntei-lhe se lembrava daquela noite na Disneylândia e ela indagou: "Que noite na Disneylândia?". Desligamos.

E assim, voltei de carro para Los Angeles e fui a um cinema e me sentei sozinho, e depois fiquei circulando até uma e pouco da manhã, e me sentei num restaurante na Sunset e tomei café e acabei com meus cigarros e permaneci lá até fecharem. Fui para casa e Blair me telefonou. Eu disse que iria sentir saudades dela e que, talvez, quando voltasse, as coisas dessem certo. Ela falou que provavelmente sim, e que se lembrava daquela noite na Disneylândia. Segui para New Hampshire na semana seguinte e não falei com ela durante quatro meses.

ANTES de partir, encontrei-me com Blair para almoçarmos. Está sentada no terraço do Old World na Sunset me esperando. Usa óculos escuros e está tomando um copo de vinho branco que deve ter conseguido com sua identidade falsificada. "Talvez o garçom nem tenha pedido nada", penso comigo mesmo ao entrar. Digo à recepcionista que estou acompanhando a moça no terraço. Ela está sentada sozinha e volta a cabeça contra a brisa, e esse instante único me sugere uma espécie de ação confiante sua, ou um tipo de coragem, e sinto inveja. Não me vê quando chego por trás e beijo seu rosto. Dá um sorriso e vira e abaixa os óculos escuros e recende a vinho, a batom e a perfume e me sento e folheio o cardápio. Solto-o e vejo os carros passarem, começando a achar que talvez isso seja um erro.

– Estou surpresa – ela diz.

– Por quê? Não falei que viria?

– Sim, falou – murmura. – Onde estava?

– Almocei mais cedo com meu pai.

– Deve ter sido bom.

Não sei se ela está sendo sarcástica.

– É – digo, incerto. Acendo um cigarro.

– Que mais tem feito?

– Por quê?

– Calma, não precisa ficar emputecido. Só quero conversar.

– Então converse. – A fumaça do cigarro entra nos meus olhos e aperto-os.

– Escute. – Toma o vinho. – Fale-me sobre o seu fim de semana.

Suspiro, verdadeiramente surpreso por não me lembrar bem do que aconteceu.

– Não me lembro. De nada.

– Ah.

Pego o cardápio outra vez e o deposito de volta sem abri-lo.

– Então, você vai mesmo voltar para a faculdade – ela diz.

– Acho que sim. Não há nada aqui.

– Esperava encontrar alguma coisa?

– Não sei. Estive aqui por muito tempo.

Como se tivesse estado aqui para sempre.

Fico batendo o pé em silêncio contra a grade do terraço e a ignoro. É um erro. Subitamente, ela olha para mim e tira os óculos Wayfarers.

– Clay, você já me amou?

Estou examinando um outdoor e digo que não ouvi o que ela disse.

– Perguntei se você já me amou alguma vez.

No terraço, o sol explode em meus olhos e, por um instante, ofuscado, posso me ver nitidamente. Lembro-me da primeira vez que fizemos amor na casa de Palm Springs, seu corpo molhado e moreno, deitado em lençóis brancos e frescos.

– Não faça isso, Blair.

– É só responder.

Não digo nada.

– É uma pergunta tão difícil de ser respondida?

Olho diretamente para ela.

– Sim ou não?

– Por quê?

– Porra, Clay – ela suspira.

– É, claro, creio que sim.

– Não minta para mim.

– Que merda você quer ouvir?

– É só dizer – ela fala, aumentando a voz.

– Não – quase grito. – Nunca – respondo e quase começo a rir.

Ela inspira e diz:

– Obrigada. É tudo que eu queria saber. – Toma o vinho.

– Você já me amou? – pergunto de volta, embora a essa altura nem esteja ligando.

Ela hesita:

– Pensei nisso e sim, o amei numa determinada época. Pode acreditar que amei mesmo. Foi tudo tão bom por um tempo. Você era gentil. – Olha para baixo e depois continua: – Mas era como se você não estivesse ali. Ai, que merda, isso não vai fazer sentido. – Para.

Olho para ela, esperando que retome, olhando o outdoor. “Desapareça aqui”.

– Não sei se qualquer outra pessoa com quem eu já estive esteve mesmo ali... mas pelo menos tentaram.

Pego no cardápio, apago o cigarro.

– Você nunca tentou. Os outros faziam um esforço e você só... Era demais para você. – Toma outro gole do vinho. – Você nunca estava lá. Eu senti pena de você por um tempo, depois ficou difícil. Você é um cara bonito, Clay, mas não passa disso.

Vejo os carros passarem na Sunset.

– É difícil sentir pena de alguém por quem a gente não se interessa.

– É?

– Pelo que você se interessa? O que o faz feliz?

– Nada. Nada me faz feliz. Não gosto de nada.

– Você já se interessou por mim alguma vez, Clay?

Não me manifesto, olho de novo para o cardápio.

– Você já se interessou por mim?

– Não quero me interessar. Se eu me interessar pelas coisas, vai ser pior. É menos doloroso não ligar.

– Eu me interessei tanto por você durante um tempo.

Não respondo.

Ela tira os óculos escuros e finalmente diz:

– Vejo-o depois, Clay. – Ela se levanta.

– Onde você vai? – De repente, não quero deixar Blair aqui. Quero levá-la comigo.

– Tenho que me encontrar com alguém para almoçar.

– E nós?

– E nós? – Para por um instante, aguardando.

Mantenho os olhos no outdoor até ele se tornar um borrão e, quando minha vista clareia, acompanho com a vista o carro de Blair deslizando pelo estacionamento e se perdendo na névoa do trânsito na Sunset.

O garçom se aproxima e pergunta:

– Tudo na mais perfeita ordem, senhor?

Olho para ele e ponho os óculos escuros e tento sorrir:

– Sim.

Blair me telefona na noite anterior à minha partida.

– Não vá – ela pede.

– Só vou ficar fora alguns meses.

– É muito tempo.

– Há sempre o verão.

– É muito tempo.

– Eu volto. Não é tanto assim.

– Porra, Clay.

– Você tem que acreditar em mim.

– Não acredito.

– Tem que acreditar.

– Você está mentindo.

– Não estou não.

E antes de partir, leio um artigo na *Los Angeles Magazine* sobre uma rua chamada Sierra Bonita em Hollywood. Uma rua onde passei várias vezes. O artigo dizia que havia gente que, quando passava por ela, via fantasmas, aparições do Velho Oeste. Leio que índios vestidos apenas com tangas e montados a cavalo eram vistos, e que um homem teve uma machadinha, que desaparecera após segundos, jogada pela sua janela aberta. Um casal de velhos disse que um índio surgiu em sua sala em Sierra Bonita, jogando feitiços. Um homem batera com o carro direto numa palmeira porque vira uma carroça de faroeste cortar o seu caminho, obrigando-o a dar uma guinada.

Quando fui embora não havia muita coisa no meu quarto a não ser alguns livros, a televisão, o aparelho de som, o colchão, o pôster de Elvis Costello, os olhos ainda espiando pela janela, a caixa de sapatos no armário com as fotos de Blair. Havia também um pôster da Califórnia que preguei na parede. Um dos pregos tinha caído e o pôster estava velho e rasgado no meio, e torto, pendurado sem equilíbrio na parede.

Fui até o Cânion Topanga naquela noite e parei o carro perto de um mafuá antigo e abandonado que ainda existia ali, abandonado num vale, vazio, silencioso. De onde eu estava, podia ouvir o vento atravessando o cânion. A roda-gigante girou suavemente. Um coiote uivou. Barracas batiam com o vento quente. Era hora de voltar. Estava há muito tempo em casa.

HÁ uma música que ouvi quando estava em Los Angeles, gravada por um grupo de lá. A música se chama "Los Angeles" e a letra e as imagens eram tão amargas e brutais, que a tal música reverberou na minha mente por dias. As imagens, descobri depois, eram pessoais e ninguém que eu conhecia compartilhava delas. As imagens que eu tinha eram de gente enlouquecendo por morar nesta cidade. Imagens de pais tão famélicos e frustrados que comiam seus próprios filhos. Imagens de pessoas, jovens, da minha idade, erguendo os olhos do asfalto e ficando ofuscados com o sol. Essas imagens permaneceram comigo depois de eu ter deixado a cidade. Imagens tão violentas e malignas que pareciam ser meu único ponto de referência por muito tempo. Depois que parti.

Rocco **L&PM** POCKET

Abaixo de zero – Bret Easton Ellis
Akropolis – Valerio Massimo Manfredi
O álibi – Sandra Brown
Assédio sexual – Michael Crichton
Bella Toscana – Frances Mayes
Como um romance – Daniel Pennac
Devoradores de mortos – Michael Crichton
Emboscada no Forte Bragg – Tom Wolfe
Ensaios de amor – Alain de Botton
A identidade Bourne – Robert Ludlum
O parque dos dinossauros – Michael Crichton
O psicopata americano – Bret Easton Ellis
Sob o sol da Toscana – Frances Mayes
Sol nascente – Michael Crichton
Trilogia da paixão – J. W. von Goethe
A última legião – Valerio Massimo Manfredi
As virgens suicidas – Jeffrey Eugenides

IMPRESSÃO:

GRÁFICA EDITORA
Pallotti
IMAGEM DE QUALIDADE

Santa Maria - RS - Fone/Fax: (55) 3220.4500
www.pallotti.com.br